UNE FEMME ORDINAIRE...

MARIA SCHALCKENS

UNE FEMME ORDINAIRE...

Roman autobiographique

Édition : BoD – Books on Demand
12/14 rond-point des Champs-Élysées, 75008 Paris
Impression : Books on Demand GmbH, Norderstedt, Allemagne
ISBN : 978-2-3222-4961-9
Dépôt légal : mai 2021

*«Il n'est point de bonheur sans liberté,
ni de liberté sans courage»*

Pericles

A mes parents...

1

Je ne sais plus qui a dit un jour :
« Lorsque l'on décide d'écrire sa vie c'est qu'on a passé la soixantaine... »
C'est une lapalissade ; de toute évidence une personne de vingt ans aurait sans doute beaucoup moins de choses à raconter.
Depuis le salon je regarde mon jardin en ce début d'après-midi printanier au temps si capricieux. Les oiseaux sont de retour, les vrilles enroulées de la glycine continuent leur lente et perpétuelle progression, les boutons des pivoines pointent leur nez et le cerisier commence à perdre sa jolie floraison blanche. Un coup de vent dans ce ciel si tourmenté et tout s'envole, comme des dizaines de papillons virevoltant dans les airs. Peut-être ces fleurs de cerisier me font-elles penser à ma vie et aux années qui s'égrènent inexorablement au fil du temps qui passe.
Je ne saurais dire pourquoi mais il fallait, à cet instant précis, que je raconte cette histoire, mon histoire, un peu comme si le temps m'était compté ou que j'appréhendais de ne pouvoir en arriver à sa fin. Pourquoi ce besoin impérieux et narcissique ? Sans doute pour que quelqu'un, quelque part, ne m'oublie jamais ou bien laisser ainsi une trace sur cette terre, où nous ne sommes finalement que de passage.
On dit souvent que toute vie est un roman, alors laissez-moi vous raconter la mienne.
Confortablement assise dans mon fauteuil, je ferme les yeux et je revois, comme si c'était hier, mon arrivée dans ce pays. Je me souviens surtout de la précipitation avec laquelle nous étions parties de chez nous, maman et moi. Je me souviens de nos adieux déchirants à la famille, aux amis, aux voisins. Je me souviens de nos larmes sur ce quai de gare de Valencia et de tous ces visages si inquiets en nous regardant nous éloigner vers l'inconnu.

Quelle angoisse et quelle tristesse de devoir quitter l'Espagne, la famille, les gens que nous aimions et avec qui nous nous sentions, jusqu'à aujourd'hui, en sécurité.

Je me souviens de cette question que je posais sans cesse à ma mère :

– *Pourquoi partir maman, pourquoi ?*

Et elle de me répondre que nous y étions obligées, de sa voix qui se voulait rassurante mais étranglée par l'émotion. Je ne comprenais pas les raisons de cette subite précipitation et maman me semblait si inquiète, dans sa jolie robe à pois qu'elle s'était confectionnée pour l'occasion. Malgré les années, je n'ai rien oublié ; il y avait dans ce départ, trop de tristesse et de peur, trop d'inquiétude et de questions sans réponses, trop de silence.

Oui, c'était hier et j'avais quatre ans...

***

2

Mon prénom est Maria Del Carmen mais en France tout le monde m'appelle Maria.

D'aussi loin que je me souvienne, je ne me suis jamais sentie chez moi ni dans mon pays d'origine, ni dans mon pays d'adoption, mais je suppose que c'est le lot de toute personne expatriée.

Nous arrivâmes ma mère et moi, un matin de juillet 1951 en gare d'Austerlitz à Paris, avec pour tout bagage une valise et un sac de voyage. Nous venions de quitter l'Espagne où nous avions tout abandonné derrière nous : la famille, les amis, notre appartement, nos objets familiers et tous nos souvenirs.

Sur les conseils de ma mère, j'avais dû me séparer de mes jouets au profit de mes petites cousines et n'en garder qu'un seul car il nous était impossible de tout emporter. Après de nombreuses hésitations mon choix s'était porté sur un poupon dodu, un petit « baigneur » qui fermait ses jolis yeux bleus lorsqu'on le couchait. Pourquoi avoir choisi ce jouet et pas un autre ? Aujourd'hui encore je ne saurais le dire. Une fois en France, je n'ai plus jamais voulu jouer avec ce poupon et je l'ai précieusement gardé, caché au fond d'une valise, certainement pour ne rien oublier.

Nous étions fatiguées, désorientées sur ce quai de gare avec nos maigres bagages, pourtant bien trop lourds pour nous. Un jeune homme, nous voyant en difficulté, se précipita pour nous venir en aide. Il était sympathique, souriant ; je regardais ses yeux clairs, ses cheveux bouclés et si blonds, je le trouvais beau. Il nous parlait mais nous ne comprenions pas un seul mot, alors maman se contentait de lui sourire. Au bout du quai elle lui fit signe de déposer notre valise au sol et le remercia comme elle put. Le jeune homme s'éloigna d'un pas léger, sourire aux lèvres, en nous faisant un signe amical de la main.

Malgré mon jeune âge et les propos si confiants de ma mère, je me souviens avoir éprouvé ce jour-là une profonde tristesse. Une page de ma jeune vie venait de se tourner, une page de mon histoire, inachevée...

**

3

Il faisait beau à Paris ce jour de juillet 1951.

Nous venions à Paris rejoindre Benjamin, mon père, avec qui nous n'avions eu pratiquement aucun contact depuis son asile politique en France deux ans auparavant. Autant dire une éternité pour l'enfant que j'étais.

Carmen, ma mère, cherchait désespérément des yeux son mari parmi la foule de voyageurs de la gare d'Austerlitz, mais ce fut lui qui nous aperçut le premier. Il se dirigea vers nous, fébrile et certainement heureux de nous revoir enfin.

– *Marie-Carmen, tu ne viens pas m'embrasser ?*

Je reculai, intimidée, en me cachant aussitôt derrière maman. Je ne reconnaissais plus mon père et refusai son baiser et puis personne ne m'appelait « Marie-Carmen » !

Il n'insista pas et passa son bras autour des épaules de ma mère en prenant notre valise. Tous les deux avaient l'air heureux de se revoir, même si, sur ce quai de gare parisien, il leur était difficile d'extérioriser l'immense joie que chacun devait éprouver à cet instant précis.

Nous montâmes dans un taxi qui nous conduisit dans un petit hôtel du boulevard Voltaire où mon père logeait depuis son arrivée à Paris. Nous y resterons un certain temps avant de trouver quelque chose de plus « approprié » pour notre famille reconstruite.

La chambre de l'hôtel n'était pas bien grande mais, heureusement, dotée d'un beau balcon où je passais le plus clair de mon temps. Ma mère et moi, ne comprenant pas un mot de français, restions cloîtrées toute la journée dans cette pièce exiguë à regarder les passants s'activer sur le boulevard. Maman faisait les repas, la lessive, la couture et les journées nous semblaient interminables. Moi je n'avais personne avec qui m'amuser, je m'ennuyais beaucoup et ne faisais que des bêtises.

Un après-midi, alors que maman repassait, je ne trouvais pas meilleure idée que de cracher sur la tête des passants depuis le balcon.

Soudain, une femme se mit à hurler très fort sur le trottoir et comme je ne comprenais rien à ce qu'elle disait, toute cette agitation m'amusa beaucoup. Elle gesticulait, telle une marionnette et je me mis à l'imiter ce qui l'énerva encore plus. Maman me fit signe de rentrer ne sachant pas ce qui se passait exactement.

Mais en entendant les cris, elle me rejoignit sur le balcon et regarda par-dessus la rambarde. Elle vit une femme écarlate, telle une furie, regardant vers nous en me pointant du doigt. Ma mère comprit aussitôt que j'avais fait quelque chose de grave et me demanda des explications. Je lui avouai immédiatement avoir craché sur la tête de cette pauvre femme et c'est une anecdote que je n'étais pas près d'oublier car ce fut ma première fessée sur le sol français par une Carmen très vexée.

Une autre fois, je voulais absolument manger une glace, mais maman me dit que c'était impossible car elle serait incapable de la demander. En colère d'avoir essuyé un refus, je pris les ciseaux et coupai maladroitement mes longs cheveux d'un seul côté. Je revois encore la tête de maman en apercevant mes cheveux sur le sol. Elle tenta, tant bien que mal, d'égaliser ma coupe tout en me sermonnant et, lorsque mon père rentra le soir, il m'emmena aussitôt chez son coiffeur. Je n'avais jamais eu les cheveux aussi courts, j'étais coiffée à la garçonne !

J'ai longtemps regretté mon geste car je préférais les cheveux longs, mais au moins maman ne pourrait plus me les tirer à ma prochaine bêtise.

On se console comme on peut !

En Espagne, je n'avais qu'à demander pour obtenir ce que je voulais et j'avoue avoir été, bien souvent, une petite fille très capricieuse. Mais ici, en France, je m'aperçus assez rapidement que les choses seraient différentes. J'étais encore trop jeune pour en comprendre toutes les raisons, mais maman me mit vite au diapason : finis les caprices ! Dorénavant, je devais me montrer sage et raisonnable sous peine de représailles et cela semblait être vrai car, contrairement à son habitude, maman arborait un air très sérieux en me parlant.

Notre seule distraction était le retour de mon père le soir. Il nous racontait sa journée, tout en buvant un café et puis nous sortions ensemble faire quelques courses. En fin de semaine, nous nous promenions tous les trois jusqu'à la place Voltaire où se trouvait un square, des balançoires, une tombola, un marchand de glaces ambulant et surtout un peu d'animation.

Les débuts furent très durs et je me souviens avoir vu maman pleurer plus d'une fois lorsque nous n'étions que toutes les deux dans notre petite chambre d'hôtel. Sans pourtant en comprendre la cause, j'avais de la peine pour elle de la voir si triste. Dans ma tête d'enfant, je pensais que mon père en était l'unique responsable car rien n'allait plus depuis que nous étions venues le rejoindre !

Bien plus tard, maman m'avoua qu'à cette époque-là, elle sombrait peu à peu dans la dépression et mon père, ne sachant que faire, se sentait complètement désemparé. Malgré notre présence, sa famille lui manquait, son pays lui manquait. Elle mettra du temps à récupérer sa bonne humeur et son éternelle joie de vivre, mais tout comme papa, cette épreuve l'avait changée.

En fait, elle nous avait tous changés...

***

4

Quelque temps après, mon père nous annonça qu'il avait trouvé un petit logement en location dans le 18ème arrondissement. Il nous assura que ce ne serait que provisoire, que nous y serions bien mieux qu'à l'hôtel, plus indépendants et surtout le loyer y était beaucoup plus abordable. Nous emménageâmes deux mois plus tard au deuxième étage d'un immeuble sordide de la rue Marcadet et le provisoire dura... un certain temps...

Mon Dieu que cet endroit était triste. Une pièce unique et sombre avec un évier ridiculement petit sous une fenêtre sans volets et qui avait du mal à fermer, des murs lézardés et humides, donnant sur une cour répugnante. Une passerelle permettait de rejoindre un autre bâtiment, tout aussi délabré, donnant sur l'arrière. Il n'y avait rien pour se protéger du froid et les escaliers étaient constamment balayés par les courants d'air. Au bout du palier se trouvaient des WC à la turc, immondes, avec une vieille porte en bois brinquebalante et son crochet pour fermer qui tenait comme par miracle. A toute heure du jour et de la nuit, on pouvait entendre les vociférations des locataires. Les gens qui habitaient-là étaient modestes et souvent alcooliques. Le soir, il n'était pas rare d'entendre des éclats de voix provenant de l'espèce de boyau qui servait d'entrée. Le lendemain, dans la cour, on y trouvait une multitude de détritus : des sacs en papiers éventrés, des bouteilles vides, des excréments et des mégots en grand nombre, sans parler des relents d'urine. Le vieil immeuble était sale et miteux, et les murs, scarifiés par des mains malveillantes, suintaient la misère et la crasse.

Papa nous avertit qu'il faudrait tout de même nous en contenter jusqu'à ce qu'il trouve quelque chose de mieux.

Nous y restâmes deux ans, deux ans qui nous semblèrent une éternité.

Comme le salaire de papa était insuffisant pour faire vivre la famille, maman était déterminée, coûte que coûte, à trouver un travail, mais le handicap de la langue était un obstacle de taille.

Avec toute la persévérance qui la caractérisait et grâce à une voisine qui habitait le quartier depuis de nombreuses années et qui connaissait beaucoup de monde, elle finit par décrocher un emploi dans un atelier de confection, près du métro Château-rouge.

Ses patrons étaient des polonais parlant à peine le français, ce qui n'était pas vraiment idéal pour elle qui avait besoin d'apprendre le français rapidement. Ils lui proposèrent une carte de travail, à condition qu'elle soit moins bien rémunérée que les autres ouvrières. Maman avait besoin de cette carte de travail alors elle accepta ; au moins elle était en règle sur le territoire français.

Dans l'atelier de confection elle fera la connaissance d'une ouvrière espagnole, Pilar, parfaitement bilingue, et la situation s'améliora considérablement pour elle. Grâce à Pilar, maman pouvait au moins comprendre ce qu'on attendait d'elle.

L'atelier se composait d'une grande et unique pièce sombre dont les murs délavés avaient dû connaître des jours meilleurs. Ils étaient recouverts de patrons en papier kraft et de vieilles photos jaunies de mannequins inconnus, présentant un manteau ou une veste démodée. Sur une étagère poussiéreuse plusieurs boîtes étaient empilées, avec, à l'intérieur, des centaines de boutons de toutes formes et de toutes couleurs, avec lesquels j'aimais jouer lorsque je venais à l'atelier. D'autres boîtes étaient remplies de bobines de fil alignées par couleur, et dans des tiroirs, aiguilles, dés et craies, en grande quantité. Deux néons suspendus diffusaient une lumière jaunâtre au-dessus d'une monumentale table en bois, usée par le temps et lustrée par les tissus. Elle trônait au centre de la pièce sur laquelle le tailleur découpait ses différents patrons, après en avoir tracé, à l'aide de sa craie, le contour de son papier kraft. Les rouleaux de tissu au goût du jour, étaient stockés sous la table ; les autres semblaient oubliés, debout dans un coin de la pièce, tels des soldats alignés, muets et immobiles, attendant leur sort final. Certains, n'avaient même pas été déballés.

L'atelier se trouvait en sous-sol et, de surcroît, sans fenêtre. Un simple soupirail au ras du sol laissait pénétrer une lumière blafarde provenant d'une cour intérieure un peu triste. Dans une petite alcôve, creusée à même le mur, le propriétaire avait installé un réchaud à gaz sur lequel les ouvrières faisaient chauffer, à tour de rôle, leur gamelle, leur café ou leur thé au moment de la pause déjeuner. Un minuscule lavabo faisait office de lave-mains et, juste au-dessus, un transistor fonctionnait en continu dès le matin en diffusant une musique inaudible.

En hiver, il y régnait un froid humide, le petit poêle à charbon étant insuffisant pour chauffer convenablement cette grande pièce souterraine, mais le personnel s'en contentait, heureux de pouvoir travailler et gagner sa vie. L'endroit était loin d'être un palace, mais la gentillesse de ses patrons et les liens qu'elle avait réussi à tisser avec ses collègues, après plusieurs semaines, incitèrent ma mère à rester.

Maman disait toujours que la couture était un travail ingrat et mal rémunéré, elle avait raison. Elle était « doubleuse-finisseuse » et payée à la pièce, alors elle s'activait pour en faire le plus possible. Son travail consistait à doubler des vestes et des manteaux, à coudre les boutons et à en vérifier le fini. Malgré son travail répétitif et fastidieux elle ne se plaignait jamais. Le dos courbé sur son ouvrage, toute la journée, Carmen cousait...

Je revois encore ces couturières : espagnoles, italiennes, polonaises, parlant et riant entre elles, assises sur leurs petites chaises en bois, tirant sur leur aiguille, ou appuyant sur leur pédale afin d'assembler à la machine les différentes pièces de tissu. Elles devaient être rapides, soigneuses, avoir bon œil, travailler vite et bien. Toutes ces femmes devaient vraiment avoir besoin de gagner leur vie pour accepter d'être mal rémunérées en travaillant d'arrache-pied dans un endroit insalubre et plutôt sinistre. Pourtant, avec le temps, maman s'intégrera peu à peu dans cette équipe hétéroclite ; ces femmes étaient toutes comme elle, des immigrées, unies dans la même galère, exploitées et si loin de chez elles...

Dès qu'elle en avait l'occasion, en sortant de l'atelier, maman venait me chercher à l'école. Nous flânions le long du boulevard Ornano, en regardant les vitrines et en rêvant de pouvoir nous offrir un jour une jolie robe ou une belle paire de chaussures. En attendant, lorsque maman avait besoin de tissus pour nous confectionner jupe, robe, ou rideaux, nous allions les choisir au marché Saint-Pierre. S'il faisait beau, nous poussions notre promenade jusqu'à la place Clichy, toujours très animée, avec ses cinémas et ses nombreux cafés, ou bien nous montions jusqu'au Sacré-Cœur pour y admirer Paris au loin.

Parfois, maman se faisait aborder par des inconnus sur le boulevard Barbès et comme elle ne comprenait pas ce qu'ils disaient, inquiète elle me demandait d'accélérer le pas !

***

5

Il faut dire que tout n'était pas idyllique dans notre « appartement » de la rue Marcadet, car le fait de vivre à trois personnes dans dix-huit mètres carrés créait parfois quelques tensions. Maman avait fabriqué un système de rideaux qu'elle faisait coulisser sur des fils en nylon en fonction de nos besoins. Un rideau devant l'évier pour se laver, un autre devant le lit pour se déshabiller, le tout sur des fils en nylon tendus avec beaucoup d'ingéniosité. Bien entendu, c'était loin d'être esthétique, mais au moins le fait de compartimenter l'espace nous permettait, en cas de besoin, d'avoir un peu d'intimité.

Chaque soir, au moment du coucher, il fallait pousser table et chaises contre le mur pour pouvoir déplier les lits. On tirait les rideaux pour faire notre toilette dans la bassine rose, la bleue servant uniquement à laver le linge, et chaque matin le même cérémonial recommençait pour tout remettre en place.

Le premier à se lever était mon père, à 5 heures chaque matin. Pendant que le café coulait, il se rasait au-dessus de l'évier. Je n'ai jamais vu papa manger quoi que ce soit le matin, mais une fois qu'il avait bu ses deux cafés au lait très sucrés dans un grand verre, il enfilait sa veste, allumait sa cigarette et partait vers le métro.

Mon père travaillait chez Renault à Boulogne Billancourt.

A 7 heures, c'était au tour de ma mère de se lever. Pendant qu'elle préparait notre petit déjeuner, je faisais ma toilette et m'habillais. Ensuite c'était son tour. Faute de temps, maman procédait à un rangement sommaire puis elle m'emmenait à l'école, avant de rejoindre son atelier pour la journée. A mon grand regret, elle ne rentrait pas le midi ; alors je devais rester manger à la cantine. Je détestais cette cantine où je ne trouvais rien de bon, je n'étais pas habituée à cette cuisine qui n'était pas comme à la maison.

Maman, peu sûre d'elle concernant son français, appréhendait toujours de se rendre seule chez les commerçants de proximité. Alors papa, chaque samedi matin, prenait le métro jusqu'aux Halles de Paris et revenait chargé de toutes sortes de provisions. Dès son retour, il étalait fièrement ses achats sur notre petite table en formica bleue et attendait le verdict de la maîtresse de maison. Maman regardait méthodiquement les ouïes des poissons pour juger de leur fraîcheur, ouvrait les papiers d'emballage pour constater la couleur de la viande et celle du jambon et après son approbation, papa pouvait alors tout ranger. Nous n'avions pas de réfrigérateur, les aliments étaient stockés dans un garde-manger situé sous notre fenêtre et donnant sur la cour. Une grande grille permettait d'en ventiler l'intérieur mais il ne fallait pas trop le remplir car certains aliments ne se conservaient pas longtemps, surtout en été.

Malgré nos revenus modestes, mon père a toujours mis un point d'honneur à ce que nos assiettes soient toujours pleines ; c'était pour lui une question de fierté. Nous devions avant tout manger à notre faim et je n'avais pas intérêt à laisser quelque chose dans mon assiette ni à faire des caprices lorsque le menu ne me convenait pas. Si j'étais réticente devant mon plat, maman me disait d'un air grave :

– *On voit que tu n'as pas connu la famine, tu ferais moins la difficile aujourd'hui !*

Sans savoir ce que ce mot voulait dire exactement, je finissais toute mon assiette de crainte de devoir affronter cette inquiétante « famine » un jour.

J'étais chargée des achats du quotidien avec maman : lait, pain, ou produits ménagers. Dès que j'ai su parler le français, j'accompagnais maman pour les courses de première nécessité. Nous allions à la boulangerie, où elle m'achetait la petite tablette de chocolat que je mettrais dans un morceau de pain pour mon goûter. Nous allions à l'épicerie prendre un paquet de café en grains à l'intérieur duquel se trouvait la petite figurine historique qui compléterait ma collection, sans parler du paquet de lessive où se cachait toujours un mystérieux cadeau que je sortais, à chaque fois, fébrilement de son emballage.

La vie s'organisait tant bien que mal rue Marcadet. Mon père aura beau peindre et repeindre cette pièce humide où nous vivions pour la rendre plus agréable, en vain ! Maman aura beau changer plusieurs fois de place les meubles et les rideaux, rien n'y fera ; on ne s'y plaira jamais.

Malgré nos difficultés, pas une seule fois je n'ai entendu mes parents se plaindre de leur situation. Tout du moins jamais devant moi...

L'hiver 1951 fût rude et notre poêle à charbon avait bien du mal à chauffer cette pièce unique. Même en calfeutrant notre fenêtre sans volets on pouvait entendre, depuis l'intérieur, le vent s'engouffrer sournoisement. La nuit, pour aller aux toilettes, c'était un véritable calvaire. Il fallait sortir dans l'escalier noir et glacial ; alors on essayait tous de se retenir pour ne pas avoir à le faire. Parfois l'envie était trop pressante et lorsque venait mon tour, je prenais la petite lampe électrique car la minuterie de l'escalier s'éteignait bien trop rapidement à mon goût. Quelquefois j'avais peur, alors je chantais doucement pour me donner du courage, même lorsque ma mère m'attendait en peignoir au bout du palier tout en me pressant à cause du froid.

A cette époque, il y avait un moment que j'affectionnais tout particulièrement : c'était l'heure du coucher. Quelques jours auparavant, papa avait fait l'acquisition d'une belle radio laquée de couleur ambre dans une grande boutique d'électroménager du boulevard Barbès. Chaque soir, lorsque nous nous couchions, maman, qui était toujours la dernière à se mettre au lit, éteignait la lumière et, dans l'obscurité, nous écoutions les stations de radio émettrices venant d'Espagne ou d'Amérique Latine. Je me souviens m'être endormie plusieurs fois au son de cette musique familière qui semblait venir de si loin. Nous nous parlions tous les trois, avec pour seule lumière celle de la radio, jusqu'à ce que le sommeil m'emporte. Dans ces moments-là, le plus important pour nous était d'être à nouveau réunis.

A l'école, on m'avait installée au fond de la classe pour ne pas gêner les cours et je lisais, tout du moins j'essayais de lire du mieux que je pouvais, les manuels de lecture que la maîtresse posait sur ma table. Lorsque celle-ci avait fini avec les autres élèves, elle venait s'asseoir près de moi et avec une grande patience, m'encourageait à lire et à écrire le français.

Elle m'apportait des livres appartenant à ses enfants et dont ils ne voulaient plus et je mettais un point d'honneur à les lire correctement devant elle. Madame Dupré, c'était son nom, était une personne douce et patiente. Grâce à elle, mon français s'améliora rapidement.

Je garde un bon souvenir de cette institutrice si dévouée à mon égard qui voulait par-dessus tout m'aider.

En fin d'année, madame Dupré convoqua mon père pour lui faire part de mes progrès. Dans un français approximatif qui m'amusait beaucoup, il lui dit :

– *Ma fille très têtue, si quelque chose ne plaît pas, elle fait pas, si c'est comme ça, vous la punir !*

Madame Dupré lui répondit gentiment que ce n'était pas nécessaire, car je travaillais bien en faisant exactement ce qu'elle me demandait.

– *Et la conduite ?*

Elle lui dit n'avoir aucun problème particulier avec ma conduite. Papa resta quelque peu dubitatif...

***

6

Un jour, d'importants travaux eurent lieu dans notre rue. La construction d'un garage sur plusieurs étages fragilisa dangereusement les fondations de notre vieil immeuble. Celui-ci menaçait de s'effondrer à tout moment ; alors, après le passage de la police, des pompiers, des experts et des élus de l'arrondissement, la mairie décida de reloger ses occupants à Créteil, en banlieue parisienne, afin de procéder à sa démolition. Il était hors de question pour mon père de quitter Paris et de partir en banlieue. De ce fait, il ne nous restait plus qu'à trouver un appartement par nos propres moyens.

Ce matin d'hiver, en regardant par notre petite fenêtre et à ma grande stupéfaction, un manteau blanc immaculé avait recouvert notre cour. Je n'avais jamais vu de neige auparavant et, à ce moment précis, je me souviens l'avoir trouvée presque belle.

Le froid était si vif que le personnel des cantines nous installa des tables dans le préau de l'école et on nous distribua du lait chaud et du « Viandox ».

Maman et moi étions constamment frigorifiées alors le soir même, nous nous équipâmes de bottes fourrées. Le lendemain, j'eus également droit à un manteau bien chaud, avec un grand col en laine, à un bonnet et à des gants multicolores. C'était bien la première fois que j'étais accoutrée de la sorte, j'avais l'impression d'être déguisée !

A l'école, je commençais à me faire des amies mais je me tenais toujours un peu à l'écart. Pendant la récréation, du banc où j'étais assise, j'observais les petites filles jouer entre elles, quelquefois elles venaient me parler mais, ne comprenant pas très bien ce qu'elles me disaient, je préférais rester dans mon coin. Le fait de ne pas avoir d'amies me décida à maîtriser parfaitement cette langue afin de m'amuser, moi aussi. Dès que je rentrais à la maison je lisais tout ce qui me tombait sous la main : manuels de lecture scolaires, journaux, tracts, publicités, tout était bon pour améliorer mon français. Avec beaucoup de persévérance et de longues heures de lecture, j'arrivais peu à peu à me familiariser avec cette langue.

Je garderai toujours une nette préférence pour la lecture et le français. Je ne voulais plus de jouets, je ne voulais que des livres. J'en demandais encore plus à mes parents ou à leurs amis lorsque ceux-ci voulaient me faire un cadeau.

Cette frénésie de lecture durera très longtemps.

Puis une autre année scolaire se termina…
La veille, madame Dupré nous demanda d'apporter de la cire, du papier de verre et des chiffons pour nettoyer nos tables, avant la fermeture de l'école pour les grandes vacances.

Nous devions les remettre en état pour les élèves qui nous succéderaient à la prochaine rentrée scolaire. J'adorais poncer le bois qui portait les stigmates de passage d'élèves peu scrupuleux. J'affectionnais tout particulièrement ce moment où chaque enfant mettait un point d'honneur à faire reluire son pupitre et où la classe sentait bon la cire et les vacances qui approchaient.

A la fin de l'année, j'obtins le prix de camaraderie ainsi qu'une mention particulière pour mon travail de l'année. A présent, je lisais et parlais presque correctement le français.

Je me souviens encore du premier livre qu'un ami de la famille m'avait offert pour mon anniversaire : « Les aventures de Bécassine » ; mais moi je préférais les histoires de pirates et d'aventures qui me fascinaient, comme : « Barbe-noire », « Moby Dick » ou « Le Comte de Monte-Cristo ». Plus tard, après avoir lu « Le Sphinx des glaces », et «Voyage au centre de la terre», je dis à mes parents qu'il me fallait absolument tous les ouvrages de Jules Verne.

J'ai toujours pris grand soin de mes livres et, à un moment, j'en avais un nombre si important que maman me demanda de les trier et en faire don de quelques-uns à la paroisse. Même si ma mère essayait de me persuader que je faisais une bonne action en offrant ces livres à des enfants qui n'avaient pas les moyens d'en acheter, j'étais loin d'en être convaincue. Par contre, j'ai longtemps gardé mes livres de Jules Verne que je trouvais magnifiques avec leurs couvertures colorées et leurs belles illustrations.

***

7

L'échéance de l'expulsion approchait et nous n'avions toujours pas trouvé de quoi nous reloger. Mon père, qui faisait des travaux de peinture chez un de ses clients habitant le 11ème, lui fit part dans la conversation de notre quête urgente pour trouver un appartement de deux ou trois pièces dans le secteur.

Et justement, il en connaissait un...

Un trois pièces venait de se libérer au premier étage d'un petit immeuble ancien, situé au fond d'une impasse tranquille donnant sur la rue Popincourt. Nous connaissions parfaitement ce quartier pour y avoir vécu à notre arrivée en France et la rue Popincourt, avec sa multitude de petits commerces et ses nombreuses entreprises artisanales, en faisaient un quartier agréable, populaire et très vivant.

L'appartement en question se composait d'une vaste entrée, d'une salle à manger, d'une cuisine, et de deux chambres. Trois grandes fenêtres donnaient sur une cour privée, lumineuse et tranquille. A côté de notre pièce unique et triste de la rue Marcadet, cet appartement, spacieux et calme, nous sembla un palace !

Lorsque maman m'apprit que nous allions déménager, je ressentis un immense bonheur à l'idée de partir pour quelque chose de mieux, mais lorsqu'elle me dit que nous changions d'arrondissement, de nombreuses questions se bousculèrent dans ma tête. Aussitôt, une vague d'angoisse irrépressible m'envahit. Partir encore une fois, tout recommencer, une nouvelle maison, une nouvelle école, de nouvelles amies ; laisser derrière moi tout ce que je commençais à connaître et à aimer, alors maman, me voyant contrariée me dit :

— Ne t'inquiète pas, tu en auras d'autres des amies. Moi aussi je vais changer de travail et de collègues. Tu ne dois pas trop t'attacher, autrement, un jour ou l'autre, tu seras malheureuse.
— Mais maman, je viens à peine de comprendre ce que disaient ces petites filles, elles voulaient que je sois leur amie.
— Tu deviendras l'amie d'autres petites filles, mais ailleurs, tout simplement.

Comment pouvait-elle me dire ça, elle qui regrettait si souvent ses amies restées en Espagne ?

Maman me répétait sans cesse que je ne devais jamais m'attacher à quelqu'un ou à un lieu ici en France, pensant sans doute qu'un jour proche nous retournerions chez nous, en Espagne. Pour elle, il était important de n'avoir aucune attache pour ne pas avoir à en souffrir à nouveau si nous devions tout quitter précipitamment. Mais ce n'était pas si simple et les sentiments pas toujours contrôlables pour l'enfant que j'étais.

Le jour de mon départ de cette école que j'aimais, mes camarades de classe m'avaient écrit une gentille lettre d'adieu accompagnée de nombreux dessins. On m'offrit des livres, des chocolats dans une jolie boîte en métal entourée d'un ruban. J'étais triste de partir maintenant que j'arrivais à communiquer avec tout le monde. Je les embrassais une à une toutes ces petites filles qui m'avaient aidée, entourée et je quittais l'école, mes camarades et madame Dupré si gentille avec moi, avec beaucoup de regrets. Je ne pouvais m'empêcher de penser à ce que m'avait dit ma mère mais j'éprouvais tout de même une profonde tristesse.

J'essayais pourtant de retenir mes larmes ; hélas c'était trop dur. Ce jour-là je ne savais pas si je pleurais de rage, ou d'impuissance, mais j'étais tellement malheureuse et en colère que j'en voulais à la terre entière.

Une fois l'école fermée, comme nous ne partions pas en vacances, nous ne mîmes pas longtemps à boucler nos valises. Il est vrai que nous n'avions pas grand-chose à transporter. Nous étions surtout impatients d'habiter dans notre nouvel appartement de l'impasse des Trois Sœurs, bien que les WC à la turc soient à nouveau dans l'escalier et que nous n'ayons toujours pas de salle de bains. L'environnement était agréable et les voisins bien plus calmes.

Nous y resterons jusqu'en 1968.

***

8

Le seul bémol de ce nouvel appartement était le fait qu'il se trouvait au-dessus d'une imprimerie et qu'il fallait nous habituer au bruit assourdissant de l'énorme presse qui faisait trembler tous nos meubles plusieurs fois par jour. Mais nous savions, par le propriétaire, que l'imprimerie allait être délocalisée, alors nous prîmes notre mal en patience. Moins d'un an plus tard, l'imprimerie céda sa place à un atelier de tapisserie et de décoration. Les coups de ramponneau des tapissiers nous semblèrent bien plus doux que l'horrible bruit imposant et répétitif de la monstrueuse presse à bras.

L'appartement qui se situait au fond d'une impasse, donnait sur une vaste cour interne en nous épargnant tous les bruits de la rue. Nous y étions au calme et dès le matin on pouvait entendre les moineaux se chamailler et les pigeons roucouler.

Une partie de la cour pavée était abritée et appartenait à un grossiste en ail, oignons, laurier, qui vendait sa marchandise aux Halles de Paris. En semaine, on y voyait les employés, penchés au-dessus de grandes tables striées, au travers desquelles tombaient les tuniques dorées des bulbes d'oignons. Ils triaient également les têtes d'ail afin de les monter en tresse ou de les mettre dans des filets et faisaient de jolis bouquets de feuilles de laurier.

L'autre partie de la cour commune servait de garage pour les camions du grossiste. L'endroit, régulièrement balayé et lavé au jet, était propre et parfaitement rangé, rien à voir avec la rue Marcadet !

Quelques locataires habitaient dans le fond de cette cour. Il y avait la famille José, dont le père était employé aux « Folies Bergère », et qui distribuait de temps en temps aux voisins des places pour ce spectacle si parisien ; Serra, un vieux garçon grincheux d'une quarantaine d'années qui vivait avec sa mère et puis une femme seule, d'un certain âge, Matéa, qui passait la majeure partie de son temps à sa fenêtre, appelant les oiseaux qu'elle nourrissait et qui la connaissaient parfaitement. Matéa avait toujours un mot gentil pour les enfants que nous étions. Elle parlait d'une voix douce, nous écoutait en souriant, soignait nos bobos avec du mercurochrome et consolait nos chagrins avec des bonbons.

Ses poches étaient toujours pleines de délicieuses friandises, qu'elle nous distribuait de bon cœur : Carambar, Malabar, Roudoudou, Coco Boer, Mistral gagnant étaient nos favoris et nous y avions droit systématiquement, dès que l'un d'entre nous allait lui chercher son pain.

Je me souviens encore qu'à ce moment précis, la concurrence était rude !

***

9

Bien que j'eusse l'interdiction formelle d'aller jouer dans la cour, car le grossiste y stockait d'énormes filets d'oignons, qui auraient pu être dangereux en cas de chute, la tentation était bien trop grande. Je ne pouvais m'empêcher d'y jouer à cache-cache le week-end, avec les autres enfants de l'impasse. Malheureusement pour moi, un dimanche, le propriétaire vint à l'improviste et nous surprit à courir dans la cour, entre les sacs.

A partir de ce jour, la « guerre » fut déclarée. Cela valut quelques disputes mémorables entre le grossiste qui nous insultait et mon père, qui, ne pouvant pas s'exprimer en français comme il l'aurait souhaité, lui rétorquait en espagnol. Cet homme nous traitait « d'espingouins » chaque fois qu'il nous voyait passer, non seulement il était odieux mais en plus très raciste, comme de nombreuses personnes à cette époque-là qui ne voyaient pas d'un bon œil l'arrivée d'une famille d'étrangers dans l'impasse.

« Espingouins », je n'ai jamais supporté ce mot...

Enfant, je ne comprenais pas très bien ce que ce mot voulait dire, mais rien qu'en voyant le regard haineux et les mimiques de cet homme, je me doutais que ce n'était pas un compliment. Je l'ai détesté du premier jour où j'ai posé mes yeux sur lui. Plus tard, à l'adolescence, lorsqu'il lui arrivait de tenir des propos douteux à mon passage, sur les conseils de ma mère, je l'ai toujours royalement ignoré.

Un jour, je devais avoir dans les 8 ans, les trois «caïds» de mon âge qui habitaient dans le fond de l'impasse et que tout le monde craignait, me traitèrent une nouvelle fois de «sale espingouine».

Le chef de la bande me narguait en permanence en me disant de retourner vivre dans mon pays, j'avais l'impression d'entendre ses parents. Ce n'était pourtant pas la première fois qu'il m'insultait, mais allez savoir pourquoi ce jour-là je me jetais sur lui folle de rage.

Après une bagarre mémorable qui ameuta tous les enfants de l'impasse, le caïd saignait du nez en pleurant comme un bébé et moi je jubilais de le voir en pleurs.

Nouvelle dispute, cette fois-ci, entre les parents du garçon et mes parents qui me défendaient comme ils pouvaient. Ce jour-là, ils durent m'emmener aussitôt chez le dentiste car après la bagarre, mes dents me faisaient mal. Le lendemain, sur le trajet de l'école, le «caïd» avait un oeil au beurre noir et de nombreuses griffures sur le visage. Il baissa la tête en passant à côté de moi, mais je n'osais pas rire car mes deux dents de devant étaient cassées et le dentiste avait dû me les limer !

A la suite de cet incident, nouvelle interdiction de jouer dans l'impasse, mais j'étais fière de moi car contrairement au garçon, moi je n'avais pas pleuré. A partir de ce jour, le «caïd» et ses copains, ne m'ont plus jamais traitée de «sale espingouine». J'ai vite compris, qu'en cas de litige, il valait mieux ne rien dire à nos parents et se défendre seul si on voulait se faire respecter...

En face de notre appartement, derrière le mur de la cour, se trouvait un lavoir dont l'entrée donnait sur l'impasse. Sa vision paraissait surréaliste : une énorme structure en bois, très ancienne, qui détonnait complètement dans le paysage. Il semblait échoué là, entre les immeubles, tel un paquebot après un naufrage, issu d'une autre époque, ainsi que les gens qui y travaillaient d'ailleurs. Une fois à l'intérieur, on était transporté dans un tout autre monde. Sur plusieurs étages on pouvait y voir le linge flotter : draps, serviettes, nappes de certains particuliers ou des nombreux petits hôtels proches. Le linge séchait, été comme hiver, au gré du vent qui s'engouffrait à travers les claustras et, lorsqu'il faisait beau, on pouvait sentir les odeurs de lessive et de linge propre qui envahissaient la cour et les appartements alentours.

Un jour, monsieur Henri, le propriétaire, me fit visiter le lavoir et je me souviens avoir été fortement impressionnée par ces espèces de marmites géantes où bouillait le linge à gros bouillons dans une chaleur suffocante, malgré le volume du bâtiment. Des femmes et des hommes, en sueur, surveillaient les lessives le long des coursives en bois. Tout le monde s'interpellait et criait tout en étendant le linge fraîchement lavé.

Monsieur Henri, chapeau en feutre vissé sur la tête, pantalon en velours côtelé et larges bretelles, lavait quotidiennement sa vieille traction noire dans l'impasse, avec un seau rempli d'eau savonneuse. Un jour, intriguée, je lui demandais pourquoi il nettoyait sa voiture tous les jours. Il s'approcha de moi et me répondit d'un air conspirateur et à voix basse :

– *Parce que c'est une voiture magique Maria, il faut qu'elle soit toujours impeccable et, si tu poses ta main dessus, tu peux faire un vœu. Mais il ne se réalisera que si tu as la main propre !*

Naïve, je le croyais. En rentrant de l'école et après m'être assurée que personne ne me regardait, je crachai dans ma main, je la frottai ensuite sur ma jupe pour la nettoyer et je la posai délicatement sur la voiture magique de monsieur Henri. Je pouvais alors faire mon vœu.

L'innocence de l'enfance me fera toujours rêver.

Le propriétaire de notre appartement s'appelait monsieur Ruchon. Il en possédait plusieurs dans la rue Popincourt et aux alentours dans l'arrondissement. Qu'il pleuve ou qu'il vente, malade ou pas, il venait chercher son loyer le dernier jour du mois. Grand, décharné et bossu, il me faisait penser à un vautour. Affublé de son éternel pardessus sombre et râpé, d'un feutre sur la tête et d'une sacoche en cuir qui avait fait son temps, il prenait place sur un coin de notre table de salle à manger. Une cigarette maïs éteinte au coin des lèvres, il comptait les billets que papa venait de lui remettre, en faisant claquer le billet entre ses doigts, pendant que maman lui servait un café. Ensuite, il rangeait méthodiquement les billets dans son vieux registre entouré d'un élastique et les pièces dans une boîte en métal. Il buvait son café en regardant tout autour de lui, de ses petits yeux perçants, afin de vérifier que nous n'avions pas causé de dégâts dans l'appartement et en général, il félicitait mon père pour ses travaux de peinture.

D'une grande laideur, il m'impressionnait et j'évitais de le regarder, mais c'était plus fort que moi ; il avait une laideur si particulière qu'il s'attirait les regards malgré lui...

Monsieur Ruchon était horriblement pingre et faisait peine à voir avec son manteau mité et son chapeau d'un autre temps.

Et pourtant, il était, parait-il, fortuné et habitait une magnifique demeure à Sèvres où mon père aura l'occasion, bien plus tard, de faire tous les travaux de rénovation et de peinture, en contrepartie de la gratuité de plusieurs loyers...

***

10

Puis un jour, il y eut la naissance de Vincent, mon petit frère.
J'étais ravie de ne plus être «la» fille unique et j'espérais secrètement que l'attention de mes parents se porterait davantage sur le nouveau-né et beaucoup moins sur moi !
Pour toute la famille, cette naissance tenait du miracle. Mon père, était alors âgé de 53 ans, moi j'allais avoir 11 ans et, pour maman, il n'était plus question depuis longtemps, d'avoir un autre enfant. Mais lorsque Vincent naquit, ce fut un bonheur pour nous tous. Papa, qui n'avait jamais voulu avoir d'enfant, était fier d'avoir un garçon ; on n'est pas méditerranéen pour rien ; quant à maman elle avait, soi-disant, toujours voulu avoir un fils !
Moi, j'étais simplement heureuse d'avoir un petit frère de onze ans mon cadet.
Vincent était un rayon de soleil, vivant, souriant, s'intéressant à tout. Il posait constamment des questions, de sa petite voix haut perchée. Il voulait tout savoir, perpétuellement curieux de tout connaître. C'était un enfant vif et doué qui aimait l'école et qui apprenait très vite.
Je l'aidais à lire et à compter, je lui racontais des histoires et l'aidais à faire ses devoirs ou à dessiner. Toujours premier de sa classe, chaque mois il avait droit au tableau d'honneur dans son livret de notes, ce qui comblait, au plus haut point, mes parents et moi-même.
Le soir, il me rejoignait dans mon lit avec un livre et, à la lumière d'une lampe torche, pour ne pas réveiller nos parents, je lui lisais une histoire, jusqu'à ce qu'il s'endorme.
J'étais heureuse d'avoir ce petit frère et, comme maman travaillait beaucoup, mon rôle consistait, la plupart du temps, à m'occuper de lui dès que je rentrais de l'école. Je l'emmenais en course ou en

promenade en compagnie de mes amies, il était notre «mascotte» et tout le monde l'adorait.

Depuis sa naissance, je me sentais investie d'une mission : celle d'instruire et de protéger ce petit frère tant aimé, un peu comme s'il était mon propre enfant...

***

11

Dans notre immeuble nous n'étions que trois locataires. Au rez-de-chaussée vivait un couple de normands et parents depuis peu. Dès que leur bébé était souffrant, Madeleine, la jeune mère de famille, constamment inquiète, venait demander conseil à sa mère de substitution... maman.

Les parents de Madeleine étaient cultivateurs en Normandie. Ils ne venaient que très rarement chez leur fille, ayant beaucoup trop de travail dans leur ferme, entre les cultures et leurs animaux, alors la jeune mère de famille se sentait très seule à Paris. Pour un oui pour un non, elle venait frapper à notre porte en demandant des conseils, aussi bien en puériculture que culinaires. Elle donnait à maman des vêtements à retoucher car elle n'avait pas de machine à coudre. Madeleine savait qu'elle pouvait compter sur ma mère en toutes circonstances, mais elle savait également se montrer très reconnaissante. Pour la remercier, il faut dire que Madeleine montait très souvent chez nous demander de l'aide, celle-ci proposa à maman d'emmener Vincent, mon petit frère, avec eux en vacances dans la ferme de ses parents. Ce fut pour lui, petit citadin, une expérience formidable de se retrouver, plusieurs fois, dans cette ferme, lors de ses vacances scolaires. A chaque retour de la ferme de ses parents, Madeleine nous apportait des œufs, des légumes frais, un poulet ou un lapin, un pâté ou du boudin, le tout fait maison, bien entendu.

Au 1er étage nous étions les seuls locataires et, au second, vivait une femme seule, d'un âge indéfinissable, une ancienne danseuse orientale, que tout le monde appelait la « Barocas ». Ce n'était pas son vrai nom mais plutôt un nom de scène. Dans sa chambre, plusieurs photos d'elle, vêtue de voiles transparents et couverte de bijoux rutilants étaient posées sur ses deux commodes. Jeune, la

Barocas avait dû être particulièrement belle, mais à présent, malgré sa perruque et son maquillage parfait, le temps avait fait son œuvre.

Elle parlait, avec nostalgie, de sa jeunesse disparue, disait n'avoir jamais eu de mari, encore moins d'enfant, mais de nombreux amants qui l'avaient idolâtrée, choyée et couverte de cadeaux. Elle était restée à cette époque où tous ces hommes la désiraient, figée dans un temps révolu qui semblait lui manquer terriblement à présent. Son appartement ressemblait à un musée, de nombreux bibelots et différents vases en verre de toutes formes et de toutes les couleurs étaient posés un peu partout, mais le tout était impeccablement rangé et toujours d'une propreté inouïe. Cette femme était d'une maniaquerie inimaginable ou il faut plutôt dire qu'elle avait des tocs incroyables. Elle refusait toute poignée de mains, à cause des microbes, disait-elle et ceux qui rentraient chez elle devaient mettre des patins en feutre pour ne pas faire de traces sur son plancher en bois soigneusement ciré. Lorsque nous allions la voir, maman et moi, elle nous suivait à la trace, en essuyant énergiquement les endroits où nous avions, par inadvertance, posé nos doigts.

Eau de javel et désinfectants de toutes sortes étaient ses meilleurs alliés. Chiffon à la main et patins aux pieds, la Barocas passait son temps à traquer le moindre grain de poussière sur le dessus de ses meubles. Cela m'amusait beaucoup mais maman, qui venait quelquefois lui repasser son linge, en avait assez de l'avoir constamment derrière elle, regardant, ou plutôt inspectant si elle n'avait pas posé ses mains où il ne fallait pas en rangeant le linge. Lorsqu'il m'arrivait de rentrer chez elle lui déposer son pain, elle me saluait d'un signe de tête et me désignait aussitôt les patins qui se trouvaient dans l'entrée pour faire les trois mètres jusqu'à sa cuisine.

La Barocas, était une femme malade, certes, mais moi, je la trouvais particulièrement drôle.

Un jour, elle décida de confier à mon père les travaux de peinture de son appartement. Connaissant tous ses tocs, papa n'était pas très chaud pour travailler chez elle. Maman insista et, lorsqu'il arriva le premier jour, la Barocas avait recouvert tous les sols de draps d'un blanc immaculé.

Elle avait décroché les cadres, retiré ses photos sur les meubles, enveloppé soigneusement tous les bibelots et mis dans des cartons tous ses livres. Ce matin-là, un foulard sur ses cheveux et un chiffon propre à la main, mais sans les patins aux pieds, la Barocas demanda à mon père par où il pensait commencer. Légèrement inquiet, papa lui demanda si elle avait l'intention de rester sur place pendant la rénovation de son appartement et elle lui répondit aussitôt par l'affirmative. Il insista, l'avertissant qu'il y aurait de la poussière et du bruit, qu'il devait pouvoir évoluer à son aise, mais rien n'y fit. La Barocas voulait être présente, lui promettant de se rendre invisible pour ne pas le déranger et surtout, hors de question qu'elle s'en aille. Elle resterait sur place, elle n'en démordait pas, lui promettant toutefois de lui laisser une totale liberté d'action.

Malgré notre inquiétude, car nous savions que papa n'avait jamais fait preuve d'une grande patience, leur cohabitation se passa néanmoins sans problème. Mais jamais mon père n'aura été si soulagé d'avoir terminé un chantier !

Quant à la Barocas elle s'affaira, sans relâche, pendant plus d'une semaine à traquer le moindre grain de poussière qui aurait pu se déposer malencontreusement sur ses meubles à la fin des travaux...

***

12

Nous vivions heureux dans cet appartement du fond de l'impasse des Trois Sœurs. Maman n'était plus triste et j'étais contente de l'entendre à nouveau chanter lorsqu'elle faisait son ménage.

Chaque matin, mon père achetait ses trois quotidiens en français qu'il lisait parfaitement alors qu'il le parlait particulièrement mal. Nous n'avions pas de télévision et maman ne sachant pas lire, papa lui faisait souvent la lecture de quelques articles pendant qu'elle vaquait à ses occupations. Après la lecture de ses trois journaux, en râlant aussitôt lorsqu'il n'était pas d'accord avec un article, il demandait l'avis de maman qui, la plupart du temps, l'avait écouté d'une oreille distraite.

Papa avait deux passions : l'histoire et la politique, mais il était également intarissable sur l'astronomie. Il connaissait toutes les planètes, le système solaire, les constellations n'avaient aucun secret pour lui et il pouvait nous en parler pendant des heures. Pendant son emprisonnement au Maroc espagnol, il avait écrit, au crayon noir, sur une sorte de papier toilette, un petit conte pour enfants. Il y racontait les aventures d'un petit garçon qui avait pour amies les différentes planètes et étoiles qu'il retrouvait chaque soir pour s'amuser avec elles et qui disparaissaient au petit matin lorsque l'enfant s'était endormi.

Je me souviens avoir lu cette jolie histoire que papa gardait précieusement pliée dans une petite pochette en papier à l'intérieur de son portefeuille. Malheureusement, lorsque mon père décéda, nous ne l'avons jamais retrouvée.

A l'impasse c'était un peu la maison du « Bon Dieu » ou « l'Auberge espagnole » au choix. Notre porte était toujours ouverte et j'ai vu je ne sais combien de représentants venir y vanter leurs marchandises : draps, couvertures, tapis, aspirateur et même machine à coudre !

Papa les écoutait, leur proposait un café et cela se terminait presque toujours par un achat...

Le dimanche les amis venaient à la maison, souvent avec un gâteau, discuter et boire un café. Maman préparait la pâte à beignets pour faire des « churros », ou tentait de faire son fameux gâteau au citron, souvent raté, car elle était piètre pâtissière. Le dimanche après-midi était toujours très animé à la maison. A l'impasse c'était un peu la maison du « Bon Dieu » ou « l'Auberge espagnole » au choix. On y recevait toujours du monde aussi bien les voisins que la famille ou les amis. On mangeait, on jouait aux cartes ou au « Parchis », et les parties étaient enflammées car il y avait de l'argent sur le tapis : 1 franc par joueur !

On chantait, on riait, on fumait beaucoup en parlant du passé et en espérant retourner un jour dans cette Espagne qui nous manquait tant. Chez mes parents, les gens se sentaient bien et chaque dimanche était pour moi synonyme de joie et de gaieté.

Ceux qui ne savaient pas remplir certains papiers administratifs en français, papa me demandait de leur rendre ce service.

Les amis qui arrivaient du pays et qui n'avaient pas de logement, ou tantes et oncles qui venaient tenter leur chance en France, mes parents les hébergeaient quelques temps afin qu'ils se sentent moins seuls et qu'ils puissent prendre un nouveau départ.

Je me souviens de ces fêtes de fin d'année, avec tous ces espagnols heureux d'être réunis autour d'un bon repas. Les invités savaient que la table était bonne et ils venaient avec plaisir, oubliant ainsi leurs soucis quotidiens.

Les pichets de sangria glacée passaient de main en main et les « tapas » recouvraient la table, décorée pour l'occasion et recouverte d'une jolie nappe blanche brodée aux initiales de maman ; cadeau de mariage qu'elle ne sortait que pour les grandes occasions :

olives, anchois salés, moules à l'escabèche, chorizo et jambon de pays, chacun se servait ; ce jour-là, c'était l'abondance.

Il y avait aussi le gigot et son aïoli, les petites pommes de terre sautées, la sauce tomate au safran et aux poivrons qui avait cuit plusieurs heures à feu doux. Je n'oublierai jamais ces odeurs !

Je revoie encore, comme si c'était hier, ces grands plats débordants de fruits secs : noix, amandes, figues, abricots, cacahuètes où chacun piochait de bon cœur.

A la fin du repas, il fallait attendre minuit et croquer les douze grains de raisins, tous ensemble, au fur et à mesure que retentissaient les douze coups, comme le voulait notre tradition, et qui nous faisaient basculer dans une nouvelle année. Une nouvelle année que chacun espérait meilleure que la précédente. Les souhaits étaient pour tous, les mêmes : ne pas tomber malade, garder son travail et trouver un appartement pour y faire venir sa famille. Femme et enfants étaient restés au pays en attendant un avenir plus prospère. Mais au fil du temps et loin de chez eux, la solitude leur devenait pesante. Certains couples ne survivront pas à cette séparation obligée. Parfois, lorsqu'enfin ils se retrouvaient au bout de plusieurs années, ils étaient devenus des étrangers l'un pour l'autre.

J'ai connu quelques-unes de ces femmes, reparties au pays, rejoindre leurs enfants restés chez les grands-parents et ne souhaitant plus revenir en France, même si leur mari se trouvait ici.

Heureusement pour mes parents, tout allait bien. Ils travaillaient avec acharnement et peu à peu le quotidien s'améliora nettement pour nous. Nous allions quelquefois au cinéma en famille, vers la place de la Nation, où étaient projetés des films en version originale, avec Luis Mariano ou Sara Montiel. Mais ce que j'aimais par-dessus tout c'était les deux abonnements que mes parents m'avaient offerts, l'un pour « L'Artistic Voltaire » et l'autre pour le « Saint-Ambroise », deux cinémas où j'allais chaque jeudi avec mes amies. Pendant l'entracte, il y avait un spectacle sur scène : jongleur, magicien où humoristes y racontaient des histoires.

Nous pouvions en écrire nous-mêmes et leur transmettre ; si nous étions sélectionnés, nous avions droit à un cadeau : trousse, boîte de crayons de couleur, tubes de gouache, porte-plumes, cartable, je crois que j'ai dû gagner toute la panoplie du parfait écolier !

Vers mes douze ans, vint le temps de l'écriture.

Au début, j'écrivais des petites histoires courtes, où je racontais toutes sortes d'anecdotes, tristes ou amusantes, des scénettes de quelques pages sur des personnages réels ou imaginaires. J'aimais observer les gens et parfois il suffisait d'un regard, d'une attitude ou d'un physique particulier, comme celui de monsieur Ruchon, pour que j'écrive aussitôt quelques lignes. Tout était pour moi source d'inspiration et propice à l'écriture.

Je n'ai jamais eu de journal intime, plutôt des petits carnets à spirale où je couchais sur les pages blanches des histoires sorties de mon imagination.

En participant à un concours de français ayant pour thème «l'exactitude» et organisé par la mairie et toutes les écoles de l'arrondissement, j'obtins le 3ème prix. Pour l'occasion, Maman me confectionna une jolie robe rose et m'offrit des ballerines assorties à ma tenue, pour la remise de mon prix. Ma maîtresse de l'époque me félicita et m'offrit un livre pour me récompenser. Mais je me souviens encore de la réflexion que me fit, en me voyant, une ancienne maîtresse, laide et antipathique, que je ne portais pas particulièrement dans mon cœur.

Elle me regarda de haut en bas et dit :

— Vous avez l'air d'aimer le rose dans la famille, heureusement que le ridicule ne tue pas !

Je la foudroyais du regard et haussais simplement les épaules, comme si de rien n'était. En fait, elle m'avait terriblement vexée et je n'ai jamais oublié cette remarque. Ma mère me demanda de ne pas prêter attention aux réflexions venant d'une imbécile qui ne méritait pas que l'on s'intéresse à ses propos. Pour maman, l'indifférence avait toujours été son arme favorite, moi je ne le pouvais pas...

Le maire invita les trois premiers lauréats dans une salle de la mairie avec nos parents respectifs. Après son discours et ses félicitations et au moment de la remise de mon prix, une montre plaquée or, ce fut pour moi, une formidable revanche et pour mes parents une immense fierté.

***

13

Un jour, mon père nous fit une surprise en faisant livrer à la maison un grand téléviseur qui trôna un certain nombre d'années dans leur chambre. J'ai toujours gardé cette photo de famille entourant précieusement ce fameux téléviseur tel un trophée. Il devait sans aucun doute représenter quelque chose d'important pour mes parents, il est vrai aussi que nous étions les seuls dans l'impasse à en posséder un !

Mes parents m'interdisaient d'aller jouer chez mes petites camarades, par-contre elles étaient toujours les bienvenues lorsqu'elles venaient à la maison regarder avec moi « Age tendre et tête de bois » ou « SLC Salut les copains ». Tout était bon pour fredonner les derniers tubes à la mode de Johnny Hallyday chantant « Retiens la nuit » où Claude François se déhanchant sur « Belles, belles, belles ».

Nous étions la nouvelle génération, la génération « yé-yé » !

Mais nombreux étaient ceux qui ne supportaient ni cette musique, ni ces chanteurs aux cheveux longs et déjà, à cette époque, on pouvait sentir les prémices d'un incroyable souffle de liberté.

Cette agitation agaçait tout particulièrement mon père, mais il devait se faire une raison car maman s'y était mise également. Elle adorait les « Chaussettes noires » et tout particulièrement la voix d'Eddy Mitchell. Dès qu'elle entendait les premières notes de sa chanson fétiche « Toujours un coin qui me rappelle », il fallait faire un silence absolu et écouter la chanson avec elle. Papa ne pouvait alors que capituler et fumait une cigarette en soupirant, conscient qu'il ne pourrait jamais rivaliser avec le chanteur !

***

14

Après notre déménagement, mon père continua à travailler encore quelques temps chez Renault puis changea de métier et devint peintre en bâtiment et maman trouva rapidement du travail dans un atelier de confection de la rue Sedaine. L'endroit était si minuscule qu'il n'y avait que deux personnes sur place : le tailleur et son mécanicien. Le patron, monsieur Erwin, apportait les pièces à coudre à notre domicile et maman travaillait dorénavant chez elle, ce qui l'arrangeait tout particulièrement.

Agée de quinze ans et pour me faire un peu d'argent de poche, je tenais la caisse dans une boulangerie de la rue Sedaine le dimanche matin. Le patron, monsieur Jean, était un homme d'une extrême gentillesse. Tantôt je devais tenir la caisse, ou servir les clients et cela contre une petite rémunération.

Chaque dimanche, avant l'ouverture de la boutique, il m'accueillait souriant, avec son calot sur la tête, son « marcel » et son pantalon à carreaux de pâtissier. Enveloppé d'un grand tablier blanc et aux pieds ses éternels sabots en bois, il me faisait signe de le suivre dans la cuisine où m'attendait un copieux petit déjeuner. Grand bol de chocolat, croissants, chaussons aux pommes ou pains aux raisins, je n'avais que l'embarras du choix. La corbeille posée sur la table débordait de bonnes choses appétissantes et sa cuisine, à côté du fournil, embaumait le pain chaud.

C'était un instant de pur bonheur.

Monsieur Jean savait que j'aimais les dictées, alors, à la fin de la matinée, lorsque les clients se faisaient plus rares, il me lisait un petit texte et lorsque je ne faisais aucune faute, il me récompensait avec un billet.

J'adorais venir travailler à la boulangerie ; je voyais du monde, je discutais avec les clients et monsieur Jean était toujours de bonne humeur. Il adorait plaisanter et le temps passait tellement plus vite lorsque j'étais avec lui. A 13 heures, je rentrais à la maison, avec du bon pain frais et toutes sortes de viennoiseries.

Un dimanche matin, j'arrivais à la boulangerie à 7 heures comme d'habitude, mais ce jour-là une ambulance se trouvait devant la boutique. Un voisin et ami, étonné de voir le rideau de fer baissé ce matin-là à une heure inhabituelle, avait sonné chez lui et n'ayant obtenu aucune réponse, il avait aussitôt appelé les pompiers. Le boulanger était décédé, depuis la veille au soir, d'une crise cardiaque ; on l'avait retrouvé, assis dans son fauteuil devant la télévision toujours allumée. Cet homme vivait seul et n'avait aucune famille. J'en fus très affectée et je l'ai longtemps regretté, monsieur Jean était humain et généreux.

***

15

Puisque je voulais quitter l'école et travailler, mon père souhaita que je sois secrétaire de direction bilingue ou hôtesse de l'air, il n'était pas très fixé. Pourquoi voulait-il que j'exerce ces professions ? Je ne l'ai jamais compris mais, le connaissant, je pense qu'il devait les trouver très « féminines ». Bien sûr, ces deux métiers ne m'intéressaient nullement. Moi, je voulais évoluer dans le monde du spectacle, je rêvais de devenir danseuse, et pas n'importe quelle danseuse : meneuse de revue !

Depuis toute jeune, je rêvais de faire partie d'une troupe., Je voulais sillonner le monde, danser de ville en ville, libre et sans attache. Mais, pour mon père, entendre de tels propos était scandaleux. Bien qu'il trouvât les spectacles des Folies Bergère plutôt digne d'intérêt, en ce qui me concernait il était hors de question pour lui que sa fille danse à moitié nue.

Lui vivant, jamais il ne cautionnerait une chose pareille, c'était clair et sans appel.

Nouvelle déception et, pour une fois que je lui faisais part de mes souhaits, j'avais essuyé un refus catégorique. Alors, avec l'aide de maman et d'une voisine, je m'inscrivis, à son insu, à des cours de danse. J'étais plutôt douée, semblait-il, jusqu'au jour où mon père l'apprit et là, tous mes espoirs volèrent en éclats. Après une violente dispute, il jeta ma panoplie complète de danseuse à la poubelle et le mot « danse » devint tabou à la maison.

Contrariétés, rêves brisés, désirs inassouvis, et joies éphémères qui ne pouvaient que laisser la place un jour au ressentiment et à la frustration, la vie était-elle donc ainsi faite ?

Pour la seconde fois, on me coupait les ailes et je tiens, encore aujourd'hui, mon père pour unique responsable de ne jamais avoir pu assouvir ma passion. J'étais persuadée qu'en étant restée en Espagne avec ma mère, je serais devenue danseuse professionnelle. Maman, au moins, ne s'y serait jamais opposée.

Je savais pertinemment que, tant que je serais sous le toit familial, je vivrais « pieds et poings liés » car mon père ne me laisserait jamais faire ce dont j'avais envie. Je serais obligée de lui obéir, sous peine de représailles, alors je décidais de réagir.

En 1961, avec mon certificat d'études en poche et soutenue par maman, je décidai de quitter l'école de secrétariat non loin du square des Vosges, où je n'avais jamais trouvé ma place et où je m'ennuyais profondément.

L'obéissance et la patience n'ont jamais été mes points forts. Les avertissements, de plus en plus nombreux, sur mon livret depuis le début de l'année, me valaient en permanence une série de réprimandes et de punitions de la part de mon père, visant à améliorer mes résultats scolaires qui étaient en chute libre. A chaque fois que je rentrais de l'école avec mon carnet de notes je savais que j'allais avoir droit à des remontrances... voire plus...

Je ne cherchais même plus à me trouver des excuses ce qui exaspérait mon père au plus haut point. A cette époque, défier son autorité, pour le faire sortir de ses gonds, faisait partie de ma «stratégie». Après des semaines de querelles et de discussions interminables et bien qu'il soit fermement opposé à ma décision, je quittai un beau matin cette école, dans laquelle il m'avait inscrite d'office, cette école où on nous enseignait à devenir de futures petites femmes modèles et obéissantes, sachant coudre et repasser, cette école qui nous transmettait des valeurs qui n'étaient pas forcement les miennes, cette école où je ne m'étais jamais intégrée et que j'avais détesté depuis le premier jour.

Les deux femmes de la maison liguées contre lui, il ne put faire autrement que d'accepter mon choix mais il ne m'adressa plus la parole pendant plus d'un mois.

En grandissant, je voulais avoir plus de liberté, m'émanciper, voir autre chose que mon entourage proche. J'avais besoin de me faire des amis à l'extérieur du cercle familial où mon père exerçait sur moi une emprise étouffante, m'interdisant la moindre sortie et la moindre fréquentation. Alors je me mis en quête de trouver du travail.

Une voisine, qui était coiffeuse dans un grand salon de la Place Clichy m'informa que son patron recherchait des apprenties. Malheureusement, j'étais étrangère, mineure, et je n'avais pas de carte de travail ; alors il refusa de m'engager. Après plusieurs refus, pour les mêmes raisons, je finis par trouver un emploi de vendeuse en chaussures. Mon futur patron fera la demande pour que mes papiers soient en règle et cela me facilita la vie.

« Vendeuse », mon père n'a jamais compris que je puisse avoir si peu d'ambition, mais cet emploi était pour moi une opportunité de souffler, de l'avoir moins sur mon dos. J'avais tellement besoin de respirer et je me disais que j'étais jeune, que plus tard je trouverai quelque chose de mieux et puis j'avais toute la vie devant moi, après tout !

Ma première paie : vingt-trois mille anciens francs.

Cette somme me parut énorme et j'étais fière de pouvoir remettre chaque mois ma paie à maman car c'était elle qui tenait les cordons de la bourse à la maison. En échange, elle me donnait cinq francs par semaine, une fortune !

Maman, bien que ne sachant ni lire ni écrire, savait par-contre parfaitement compter !

Le magasin où je travaillais se situait au 1er étage d'un ancien hôtel particulier de la rue Michel-le-Comte, dans le quartier de Rambuteau. Mon patron, monsieur Bardot, s'avéra être un homme d'une grande humanité. Agé et malade, il passait ses journées à lire son journal et à écouter à la radio les cours de la Bourse de Paris, afin de savoir si ses actions étaient en hausse ou en baisse. Il me laissa prendre toutes sortes d'initiatives en me donnant rapidement une totale liberté concernant l'agencement et les commandes de la boutique. J'avais toute sa confiance et je resterai chez lui de 1962 à 1968, année de mon premier mariage...

***

16

Maman m'avait toujours dit :

— *Si tu veux être indépendante, tu n'as qu'à travailler ; ne demandes jamais rien à personne et surtout ne comptes que sur toi-même si tu veux t'en sortir.*

Ma mère savait de quoi elle parlait ; toute sa vie n'aura été qu'un dur labeur et ce depuis l'âge de 7 ans où elle avait dû pendant plusieurs années garder des d'enfants à peine plus jeunes qu'elle. Mais elle avait certainement dû nourrir d'autres espoirs au plus profond d'elle-même lorsqu'elle avait connu son mari.

Tous deux ne venaient pas du même milieu ; papa était un homme cultivé, ancien militaire et issu d'une famille bourgeoise de Santander au nord de l'Espagne. Maman, n'avait jamais été à l'école et chez elle tous étaient ouvriers. J'avais trois ans lorsque mon père nous emmena, maman et moi, pour la première fois dans sa famille à Santander. Les présentations furent, paraît-il, brèves et tendues car mon père ne les avait pas informés de son mariage ni de ma naissance. La mère de mon père, ma grand-mère, que je ne verrais qu'une seule fois, s'adressa, parait-il, très froidement à maman. D'après ma mère, ce n'étaient pas des gens simples, mais plutôt inaccessibles pour elle alors, particulièrement vexée par leur accueil, elle ne souhaita plus jamais les revoir.

«On doit toujours se souvenir d'où l'on vient et nous ne sommes pas du même monde», avait-elle dit pour se justifier...

Je ne connaissais rien ou presque de la famille de mon père, avec qui il avait coupé les ponts depuis de nombreuses années à cause de leurs divergences religieuses et politiques. Nous savions que papa avait une sœur qui habitait à Madrid et un frère qui était parti vivre à Santiago de Cuba. Tous les deux étaient plus âgés que lui mais il n'en parlait pratiquement jamais et je ne lui ai jamais posé de questions à leur sujet. Après notre départ pour la France, nous n'avons plus jamais eu de relations avec sa famille.

Un jour, papa nous dit que sa mère et sa sœur étaient décédées ; comment l'avait-il appris ? Avait-il encore des contacts avec eux ? Maman ne lui posa aucune question. A présent, il ne nous restait d'eux que trois photos dans une boîte.

Maman était née à Liria, petite commune de la province de Valencia, dans une famille plus que modeste, où seul deux sur sept enfants avaient eu la chance d'être scolarisés. Pour la famille de maman, la politique, même s'ils en subissaient durement les conséquences, n'était pas leur priorité mais plutôt quelque chose de « tabou » dont il ne fallait surtout pas parler si on voulait vivre en paix.

Leur vie n'aura jamais été un long fleuve tranquille ; sa mère décédera à 42 ans, d'une « longue maladie » et laissera derrière elle sept enfants et un mari en plein désarroi.

Carmen aura son destin tout tracé à l'avance, elle sera ouvrière dans une fabrique de céramique dès l'âge de 12 ans, tout comme ses sœurs aînées. Elle ne connaîtra jamais l'école, car elle n'était pas obligatoire. Le travail n'aura pas été pour elle un moyen d'émancipation mais plutôt une nécessité, pour pouvoir manger à sa faim et la petite fille qu'elle était n'aura jamais profité de son enfance.

Lorsqu'elle connut à Manises celui qui allait devenir son mari, mon père était administrateur de biens pour plusieurs fabriques de la région, dont celle ou maman travaillait. C'était un homme élégant, beau parleur, bon vivant et séducteur. Papa aimait plaire, et il plaisait. Il aimait surtout les femmes et n'avait, parait-il, que l'embarras du choix...

Avant que leur histoire d'amour ne s'écrive, papa avait failli devenir son beau-frère, ayant fréquenté en cachette la sœur aînée de maman. Mais peu à peu, à force de côtoyer Carmen tous les jours, Benjamin tomba fou amoureux d'elle. Elle lui résistera plusieurs mois et c'est, parait-il, ce qui lui plut. Elle était beaucoup plus jeune que lui et très jolie ; elle avait été élue « Reine de beauté » à 17 ans alors, dans le village, les prétendants ne manquaient pas.

Avec papa, elle se sentait flattée. L'intérêt que lui portait cet homme plus âgé et si courtois envers elle l'intriguait, mais sa jeunesse ne la poussait qu'à s'amuser et elle n'avait nullement envie de s'engager dans une relation sérieuse. Papa, qui était très têtu, lui fit une cour assidue. Puis, avec le temps et une grosse dose de persévérance, l'amour fut un jour au rendez-vous, mais non sans cris, et sans larmes car sa sœur aînée, bien qu'elle fondât sa propre famille quelques années plus tard, nous en tint rigueur toute sa vie... et, allez savoir pourquoi, à moi en particulier....

Dans notre famille, les rancunes ont toujours été particulièrement tenaces.

Contre toute attente, mes parents se marieront et ma mère arrêtera aussitôt de travailler pour se consacrer uniquement à sa nouvelle vie de femme au foyer, beaucoup plus agréable pour elle.

Mon père, qui n'aimait pas trop Manises car les moindres faits et gestes étaient épiés et commentés, proposa à maman de partir à Valencia dans un grand appartement. Papa connaissait bien cette belle ville pour y avoir vécu de nombreuses années en compagnie de ses amis, et où il avait ses vieilles habitudes de célibataire.

Maman, bien qu'elle appréhendât de s'éloigner des siens, accepta pourtant de le suivre dans un quartier chic de la capitale. Tous ces changements devaient représenter pour elle l'aboutissement d'un rêve d'adolescente qui la rendait enfin heureuse. Elle était aux anges, ne travaillait plus : finie la fabrique, finis le ménage et les courses pour les uns et les autres. Son mari gagnait très bien sa vie et, à présent, elle appréciait de pouvoir enfin s'occuper d'elle.

Elle passait son temps à faire du shopping, à se faire bronzer sur la plage avec ses amies et à courir les cinémas en compagnie de ses sœurs, lorsque celles-ci venaient lui rendre visite. Carmen disait, à qui voulait bien l'entendre, qu'elle n'avait jamais été aussi heureuse.

Malheureusement pour elle, son bonheur récent sera de courte durée...

Un jour de l'année 1946, sans comprendre pourquoi à l'époque, mon père fût arrêté et emmené par la « Guardia civil ». Maman ne le savait pas encore mais, à partir de cette arrestation, sa vie allait être bien différente de ses espoirs. Elle qui aspirait à une vie tranquille et en profiter pleinement, ce fut le contraire qui se produisit.

Depuis sa jeunesse, mon père avait toujours été contre toute forme de pouvoir totalitaire, quel qu'il soit. Pourtant ancien militaire, il avait du mal à se plier aux règles imposées.

Pendant la guerre d'Espagne, bien avant de connaître maman, il avait quitté l'armée et rejoint les rangs des combattants Républicains. Il s'était lancé dans cette guerre, comme toute guerre, brutale et primitive. Le nouvel Etat nationaliste du Général Franco s'imposait peu à peu à travers le pays en semant la terreur. Afin d'asseoir son pouvoir, Franco déployait une répression de masse ou militants et sympathisants des Républicains étaient arrêtés, torturés, fusillés ou, emprisonnés au Maroc espagnol. D'autre seront transférés dans des camps de concentration ; mon père restera un certain temps à celui de « Porta-Coeli » près de Valencia.

Les prisonniers issus du camp Républicain y côtoyaient aussi bien les intellectuels que les homosexuels qui, à cette époque, étaient bannis car ils ne rentraient pas dans le cadre de « normalité » imposé par Franco. D'autres prisonniers de droit commun, qui avaient osé se rebeller contre son autorité et les idées rétrogrades qu'il imposait, furent également emmenés dans ces camps. Après sa victoire, celui-ci mit en place un état autoritaire et dictatorial d'une rigueur sans précédent et ce pouvoir absolu, Franco devait le garder jusqu'à sa mort en 1975...

Toute cette partie de sa vie, mon père n'en avait jamais parlé à maman et, bien que celle-ci eut entendu au village des rumeurs concernant ses engagements politiques ainsi que ses nombreuses aventures sentimentales, elle avait préféré occulter cette période si tourmentée de sa vie à laquelle elle ne souhaitait pas être confrontée. Mais faire abstraction du passé, est-ce vraiment la meilleure solution ?

Ma mère l'apprit à ses dépens.

Le passé de papa devait le rattraper et, bien que la guerre soit finie depuis longtemps, il n'en fût pas plus tranquille pour autant.

On venait le chercher pour soi-disant « l'interroger ». Après des interrogatoires musclés, on demandait à maman de venir le récupérer tout en la menaçant si elle osait en parler autour d'elle. Elle soignait ses blessures et puis le cycle infernal recommençait.

Papa avait été condamné, sous le régime de Franco, pour « subversion contre le pouvoir en place ». Autant dire qu'il ne serait plus jamais en sécurité dans son propre pays tant que le Général Franco serait au pouvoir. Mon père fut emprisonné plusieurs fois sans que maman ne puisse lui rendre visite. Les menaces à son encontre étaient monnaie courante mais ma mère n'avait jamais parlé de cette peur latente, des angoisses qui avaient été les siennes durant toute cette époque si agitée. Elle avait vécu dans la crainte constante qu'un jour son mari ne revienne jamais de ces interrogatoires « musclés ».

Il y eut évidemment des conséquences de cette époque terrible. Maman, enceinte de six mois, accoucha prématurément d'une petite fille mort-née et en fut très affectée. Quelque mois plus tard, de nouveau enceinte et très affaiblie, elle mènera pourtant cette seconde grossesse à terme et en décembre 1947 elle me mit au monde.

Les intimidations continuèrent de plus belle et maman craignait également pour sa famille au village, régulièrement molestée.

Plusieurs fois, grand-père et oncles furent emmenés au poste de la Guardia civil afin d'y être «entendus» et puis maintenant, il y avait aussi son bébé.

Des mois après, n'y tenant plus, alors qu'il était en résidence surveillée, mon père décida, afin de tous nous préserver, de quitter l'Espagne. Après des adieux déchirants, maman ne sachant pas quand elle reverrait son mari, il partit une nuit sous d'autres cieux plus cléments.

Il remonta vers le nord du pays, afin de franchir clandestinement à pied les Pyrénées, comme nombreux autres de ses compatriotes. C'était l'hiver et les cols pyrénéens étaient enneigés. Après deux nuits à marcher et à se cacher dans la neige et le froid, il réussit à passer de l'autre côté de la frontière. Il fut recueilli et soigné, pour des engelures aux pieds, dans une ferme française et, lorsqu'il put à nouveau marcher, il décida de repartir. Il se posa alors la question : Paris ou Berlin ?

Il fallait faire vite, alors son choix se porta sur Paris.

Mon père n'avait rien dit à son entourage sur son départ précipité et sa destination incertaine. Seule ma mère était au courant et elle savait qu'elle n'aurait pas de ses nouvelles avant longtemps. Après l'attente interminable, la peur, le doute et l'inquiétude, vint le temps de la délivrance.

Un ami proche de papa nous apporta une lettre écrite de sa main. C'est ainsi que maman et moi nous nous retrouvâmes un beau matin, malgré nous, dans un train en partance pour la France, avec, pour seul bagage, une valise et un sac.

La peur d'être arrêtée tenailla ma mère tout au long du voyage et ce fut pire encore au moment de passer la frontière. Nous venions toutes les deux dans ce pays inconnu pour retrouver un mari et un père que nous n'avions pas vu depuis près de deux ans et que ma mère avait crû disparu à jamais. Longtemps après la mort de celui-ci, maman me dit un jour :

– *Je n'ai jamais souhaité quitter l'Espagne ; je l'ai fait par amour pour ton père et maintenant je ne souhaite plus quitter la France par amour pour vous.*

Elle voulait bien sûr parler de mon frère et de moi-même.

***

17

De 1951 à 1958, toute la famille resta à Paris, sans prendre de vacances. Nous n'avons jamais eu de voiture mais lorsque le temps nous le permettait, nous prenions le métro jusqu'au Bois de Vincennes. Maman préparait des sandwichs et nous déjeunions sur une couverture, au pied d'un arbre. Pour ne pas que je reste à jouer dans l'impasse pendant toutes les vacances d'été, mes parents m'avaient inscrite au centre aéré. Papa m'y accompagnait le matin et maman venait me récupérer le soir. J'aimais bien le centre aéré, il se trouvait à la Courneuve et pour moi, à l'époque, c'était déjà un peu la campagne.

Puis un jour, maman décida de retourner en vacances chez sa sœur à Manises. Mon père ne ferait pas malheureusement partie du voyage, sous peine de se faire arrêter ; alors nous partîmes à trois, pour des vacances bien méritées.

Après nous avoir installé dans notre compartiment, papa nous dit adieu, les yeux rougis, en faisant des grands signes de la main au fur et à mesure que le train s'éloignait du quai. Nous, égoïstement, nous étions heureux dans cette même gare d'Austerlitz en partance pour l'Espagne. Nous allions enfin revoir tante Elvira si gentille, les cousins et cousines, Antonio, Pepito, Alicia, Lola, mon grand-père Vicente, si attachant, et nous retrouverions enfin notre village, ce village qui nous avait tant manqué. Manises, où mes parents s'étaient connus, aimés et mariés, ce village où une partie de notre famille était restée et où j'étais née.

Manises, dont nous avions si souvent rêvé en France !

Maman était anxieuse à l'idée du voyage. Elle craignait encore de se faire arrêter par la police des frontières et elle passa une nuit blanche la veille de notre départ. Le voyage en train, bien qu'il nous semblât interminable, se passa sans encombre.

A notre arrivée, les retrouvailles avec la famille furent émouvantes, nous avions tant de choses à nous raconter !

Mes cousins et cousines avaient changé, tout comme moi-même, nous étions tous devenus des adolescents. Tante Elvira, à part quelques fils argentés dans ses cheveux noirs, était restée la même que dans mes souvenirs, douce et souriante.

La soirée promettait d'être longue et pleine d'émotion. Maman, euphorique de retrouver les siens, tombait dans les bras des uns et des autres, en pleurant de joie.

Dieu, que nous étions tous heureux !

Nos premières vacances venaient de commencer et elles devaient se renouveler durant les huit années suivantes...

***

MANISES

J'avais toujours sublimé mon village natal, certainement parce que j'avais été obligée de le quitter, et que j'y étais foncièrement attachée. Mes racines étaient là-bas, sous cette terre et ça, personne ne pourrait jamais me le contester.

Manises, c'est d'abord une lumière blanche toute particulière, qui vous aveugle dès que vous mettez le nez dehors, un soleil de plomb, dans un ciel souvent voilé, et cette poussière blanchâtre qui recouvre le village et ses alentours. Il faut dire que sa principale activité est la fabrication des objets en céramique ; un savoir-faire qui remonte à l'époque des Maures et qui avait fait de Manises, depuis plus de 250 ans, une plaque tournante de cette fabrication.

Au XIVème et XVème siècles, la céramique hispano-mauresque prend un nouvel essor dans les faubourgs de Valencia devenue chrétienne, en grande partie, grâce à Don Pedro Buyl, seigneur de Manises, qui encouragea les artistes céramistes musulmans à venir s'installer dans sa ville au début du XIVème siècle afin de lui donner une renommée. Il ne se trompa pas et un siècle plus tard, la céramique lustrée, invention majeure de ces artisans musulmans, qui consistait à faire pénétrer sur sa surface une fine couche de métal donnant à la pièce des reflets chatoyants, fut exportée dans toutes les cours européennes, faisant ainsi, en grande partie, sa notoriété.

Les seigneurs espagnols, français, italiens et anglais seront fascinés par la richesse et la beauté de ces faïences et contribueront ainsi à l'essor de cette céramique luxueuse. Manises devint, au fil du temps, le centre de production le plus important avec ses faïences et ses fameux « Azulejos ». Les azulejos sont des carreaux assemblés en panneaux décoratifs et revêtant, aujourd'hui encore, certains murs intérieurs et extérieurs des habitations, les contremarches, les dessous de balcons, les encadrements de portes et de fenêtres de nombreuses maisons.

Bien que la production actuelle ait fortement baissé, du fait des Italiens et des Portugais qui, eux aussi, s'étaient mis à copier ce style de fabrication, quelques grandes cheminées du village fument encore aujourd'hui, voilant souvent le ciel de volutes sombres.

Manises se situe dans la plaine valencienne à 15 km de la mer. Au loin, s'étendaient encore, il y a peu de temps de cela, à perte de vue, les grandes orangeraies, avec leurs arbres parfaitement alignés, témoignant encore d'un dur labeur humain ancestral et appartenant à de gros propriétaires. Il y avait aussi des lopins de terre avec quelques citronniers et oliviers, appartenant à des paysans des environs, moins fortunés. En contrebas coulait la rivière et son eau fraîche, bordée par des champs de grenadiers. Ces arbres, avec leurs spectaculaires fleurs d'un rouge vif éclatant, étaient notre jardin secret où, enfants, nous aimions nous réfugier pour fuir les attaques d'animaux sauvages ou combattre à l'aide de nos morceaux de bois les mystérieux monstres issus de notre imagination débordante.

En face, quelques roulottes délabrées, habitées par de vieux gitans miséreux, y avaient élu domicile depuis fort longtemps. Ils avaient investi un champ de caroubiers abandonné et ils étaient restés là avec leurs animaux. Quelques poules, un âne et un vieux cheval famélique étaient leurs seuls compagnons d'infortune. Leurs enfants étaient partis depuis longtemps, tenter leur chance ailleurs.

Les habitants les plus démunis étaient troglodytes. Ils vivaient un peu à l'écart du village et je me souviens que nous passions au-dessus de leurs « grottes » dont les murs étaient blanchis à la chaux, afin de les observer en cachette. Mais il fallait prendre garde de ne pas se faire voir, leurs occupants n'appréciaient pas que l'on vienne les regarder comme des bêtes curieuses. Pour moi, le fait d'habiter dans les entrailles de la terre me fascinait.

Un jour que j'étais souffrante, ma tante m'emmena chez une guérisseuse, dans une de ces grottes. L'escalier, d'une vingtaine de marches blanches, s'enfonçait sous terre en tournant autour du tronc d'un énorme figuier. Je fus très impressionnée par l'endroit et par cette toute petite femme, habillée de noir de la tête aux pieds et à la peau si parcheminée. La guérisseuse écarta un rideau sombre et épais et nous fit entrer dans une chambre. La pièce était spacieuse, très propre et il y faisait étonnement frais. Le contraste avec l'extérieur était saisissant.

Je n'osais pas la regarder et encore moins lui parler. Elle me fit signe de m'allonger sur le lit et commença à verser sur ses mains ridées quelques gouttes d'huile d'un flacon contenant toutes sortes de plantes et d'insectes bizarres baignant dans un liquide sombre.

Toujours sans un mot elle s'approcha de moi et je me souviens que je n'en menais pas large. J'étais très troublée par cette femme qui sentait la bougie et la menthe. Ses cheveux blancs lustrés par la brillantine, étaient attachés avec soin à l'aide d'un ruban de coton noir. Elle me faisait penser à une poupée de cire, une vieille poupée usée et flétrie par le temps. Tout en parlant à voix basse et en faisant des signes de croix, la guérisseuse massa longuement mon ventre douloureux. Tout cette mise en scène m'impressionna fortement, mais elle eut au moins le mérite de me soulager rapidement. En sortant de chez elle, j'allais déjà beaucoup mieux.

La guérisseuse ne demandait pas d'argent ; les patients donnaient ce qu'ils voulaient ou plutôt ce qu'ils pouvaient. Quelques pièces de monnaie, un chorizo, une petite bouteille d'huile d'olive ou de vin, un paquet de riz, des poivrons ou quelques œufs, faisaient aussi bien l'affaire. Tante Elvira avait toujours eu une confiance aveugle dans ces pratiques ancestrales et tant pis pour ceux qui n'y croyaient pas !

Elle, elle, y croyait « dur comme fer » !

Avant de partir, tante Elvira lui tendit discrètement une enveloppe que celle-ci s'empressa de cacher sous son tablier. Ma tante lui serra la main et la guérisseuse me fit un signe de tête. Une fois dehors, je demandai à tante Elvira ce que contenait l'enveloppe ; elle me répondit que c'était un secret et j'avoue, qu'à ce jour, je ne sais toujours pas quel aura été le montant de son obole.

A cette époque-là, peu de voitures circulaient dans le village, du fait de son absence d'infrastructures, mais, par contre, un va et vient incessant de charrettes tirées par des chevaux. Il n'y avait pas de trottoirs et seulement quelques rues étaient goudronnées. La poussière était présente jusque dans les maisons, dont le sol n'était pas toujours carrelé. Chaque matin, il fallait asperger la rue à l'aide d'un seau rempli d'eau, afin que cette poussière ne vole partout. Il y avait le livreur de luzerne, qui venait pour les lapins de ma tante, ceux qui livraient les grosses poteries en grès pour les clients des alentours, le livreur de pains de glace, car les frigos étaient rares, et le livreur d'eau de source, avec ses grosses bonbonnes de verre ceintes de métal et de paille afin d'en conserver la fraîcheur sans les casser.

Vicente, mon grand-père, était ce livreur...

Veuf depuis de nombreuses années, il avait élevé seul ses sept enfants. C'était un homme courageux, mais peu loquace. Il y avait dans son regard une tristesse qui, parait-il, ne l'avait plus quitté depuis la mort de sa femme et d'un de ses fils, âgé de sept ans, mort accidentellement de noyade. Il ne se passait pas un jour sans qu'il ne fasse encore allusion à eux, parlant à voix basse, devant leurs photos jaunies, glissées sous la glace de la commode de sa chambre. Dieu seul sait ce qu'il pouvait bien leur raconter...
Je le revois, un béret sur ses beaux cheveux blancs coupés très courts, un gilet noir par-dessus sa chemise sans col, et un pantalon

à rayures grises. Une large ceinture en coton tissé lui maintenait en permanence ses reins douloureux, car il déplaçait souvent des charges lourdes et, aux pieds, ses éternelles espadrilles lacées aux chevilles.

On pouvait voir sur son visage buriné et tanné par le soleil, un homme usé par le travail et les soucis auxquels il avait été confronté tout au long de sa vie et pourtant il semblait si serein, malgré toutes ses épreuves douloureuses. Quelquefois le soir, avec maman, nous allions lui rendre visite. J'adorais le regarder prendre son repas en silence, dans l'ombre de la salle à manger. Il coupait délicatement, avec son opinel, des morceaux de jambon cru ou de fromage qu'il posait méthodiquement sur son quignon de pain avant de le porter à sa bouche. Il mâchait longuement car il n'avait plus toutes ses dents. Il nous écoutait en souriant, sans dire un mot ; il n'avait jamais été très bavard, puis, avant de partir, il me faisait un clin d'œil complice et me donnait une pièce pour m'acheter une glace ou des planches en papier de poupées à habiller. Je n'avais qu'un grand-père, il était attachant et je l'aimais. Il avait un magnifique cheval noir que j'affectionnais tout particulièrement : Valiente.

J'attendais, quelques fois, que mon grand-père rentre du travail et, dès que j'entendais les roues de la charrette et les sabots de Valiente dans la ruelle, je me précipitais pour ouvrir le hangar attenant à la maison. Après que mon grand-père eut détaché la charrette, retiré le harnais et la couverture de Valiente, je pouvais enfin le caresser, et sentir son pelage humide et fumant de transpiration après l'effort fourni.

Grand-père me mettait en garde :

— *Attention Carmencin, ne passe jamais derrière lui, tu risques de l'effrayer et de prendre un coup de sabot.»*

Prudente, je lui remplissais un grand seau d'eau fraîche et je regardais, avec fascination, le bel animal se désaltérer tout son soûl. Ensuite mon grand-père lui apportait sa nourriture, dans un grand panier tressé qu'il posait devant lui à même le sol.

Valiente mangeait, en secouant régulièrement sa crinière afin d'éloigner les nombreuses mouches qui l'importunaient. J'observais ses muscles tressaillir et ses sabots taper le sol à chacune de leurs piqûres. Une fois qu'il avait terminé, j'avais le droit de le brosser pour la nuit.

J'aimais beaucoup venir dans la petite maison de mon grand-père, je m'y sentais bien.

Sans doute parce que j'y étais née…

Maman, enceinte de huit mois, était venue rendre visite à son père et ne se sentant pas très bien celui-ci lui proposa de s'allonger quelques instants au frais dans sa chambre. Une heure après elle perdait les eaux et le temps de faire venir la sage-femme et tante Elvira, à l'époque il y avait encore très peu de téléphones, et pas de portables, j'étais presque née sur le lit de mon grand-père. Ce fut la première fois de sa vie, malgré ses sept enfants, qu'il dut aider une femme à mettre au monde son bébé et, de surcroit, sa propre fille !

Heureusement tout se passa bien pour maman et moi car je pesais tout de même près de 4 kg.

Mon grand-père, quant à lui, eut bien du mal à dormir les deux ou trois nuits qui suivirent cet événement…

***

LES FABRIQUES

Dans le village régnait une intense activité, dès le matin. La vie de ses habitants était ponctuée du rythme des fours et des fabriques. On y entrait de père en fils ou de mère en fille et, lorsqu'un seul salaire ne suffisait pas à nourrir la famille, on y envoyait aussi les enfants.

A cette époque, l'important était de pouvoir gagner sa vie.

Les hommes fabriquaient, cuisaient. Les femmes et les enfants peignaient et vernissaient les assiettes, les poteries et les carreaux de faïence, le tout avec une grande minutie. J'aimais ces grands ateliers à l'intérieur desquels il faisait si frais. Je regardais les potiers qui, mouillant sans cesse leurs mains tout en pédalant, caressaient une pâte argileuse sur leur tour. Ils la façonnaient à leur gré et pour moi le résultat final était toujours magique. J'étais en admiration devant ce savoir-faire à partir duquel une matière prenait forme, grâce à la main de l'homme.

Les pièces les plus raffinées : boîtes à bijoux, assiettes de collection, fontaines à eau, chandeliers, personnages, le tout peint à l'or fin, étaient exposées pour la clientèle, à l'abri dans des grandes pièces fraîches et sombres où l'on ne laissait jamais pénétrer le soleil pour ne pas en altérer les couleurs.

Peintre sur porcelaine fut le premier métier de ma mère.

Maman avait appris très tôt à peindre. A la fabrique, d'un coup de pinceau net et précis, elle peignait toutes sortes d'arabesques et de décors variés et imposés, sur des assiettes, poteries et autres objets. Mais elle était également très douée pour me confectionner, avec une grande dextérité, toute sorte d'objets que je lui demandais. Fleurs, petits paniers, ou personnages en mie de pain ou pâte à modeler, se transformaient habilement entre ses doigts. Elle les pétrissait longuement et les recouvrait ensuite, avec grand soin, de vernis à ongles coloré. Je la regardais faire avec fierté et admiration.

Maman avait toujours aimé son premier métier et bien qu'on lui laissât peu de marge pour s'exprimer, il n'en était pas moins artistique.

A ses débuts on lui répétait sans cesse :

– *Carmen, un bon peintre doit se montrer habile et avoir la main souple et légère.*

Avec le temps, maman devint compétente et peintre émérite dans son domaine, et on lui confia rapidement les pièces les plus fragiles et délicates des collections.

Les ouvriers venaient aussi d'autres villages alentours. Ils commençaient tôt, à la fraîche. Le premier tramway arrivait à 6 heures, bondé de tous ces ouvriers et ouvrières et le cycle reprenait, jour après jour.

A 10 heures, lorsque retentissait la sirène de la première pause, les charrettes et les chevaux s'arrêtaient. On entendait alors monter un brouhaha inextricable de voix s'interpellant, riant et chantant derrière les murs des ateliers. Les ouvriers sortaient sur le trottoir pour fumer une cigarette ou manger un sandwich afin de reprendre des forces et affronter une nouvelle fois la chaleur insoutenable des fours sous une température extérieure de 40 degrés.

Au village, le marché couvert avait lieu chaque matin. Les femmes se rendaient dans cette grande halle et il fallait faire vite car déjà la chaleur était pesante. Tante Elvira s'y rendait très tôt, panier au bras et éventail à la main, disant invariablement :

– Que calor ! On va encore transpirer aujourd'hui !

Et elle pressait le pas, car elle n'avait jamais supporté la chaleur étouffante de Manises en été. Durant les mois de juillet et août il n'était pas rare de voir le mercure monter à plus de 40 degrés en journée et, la nuit, il ne descendait pas en dessous des 28 degrés ; alors il est vrai que personne ne dormait beaucoup pendant l'été. Souvent, le retour de vacances nous laissait présager des nuits meilleures, plus fraîches et bien plus reposantes.

Pour moi qui vivais à Paris toute l'année, ici au village, la moindre chose m'émerveillait, tout était si différent...

Ce que j'aimais par-dessus tout, c'était porter le repas du midi à mes oncles qui travaillaient à la fabrique dans le bas du village, au bord de la rivière. Les ouvriers en short, torse nu, et foulard sur la tête, se tenaient devant les fours. Ils y cuisaient toutes sortes de gros objets en grès : éviers, toilettes, bacs de douche, poteries, dans les odeurs suffocantes.

Campés sur leurs jambes, les membres rougis par la chaleur du foyer et leurs visages ruisselant de sueur, les ouvriers ouvraient les lourdes portes en métal des fours et la chaleur devenait aussitôt insupportable.

Toute cette atmosphère me captivait et ces hommes en plein effort devant ce foyer ardent, me transportait dans un autre monde, un monde irréel et féerique. J'avais une espèce de fascination pour ces ouvriers qui, malgré la pénibilité de leur travail, ne se plaignaient pas ; ils semblaient simplement... résignés.

Au retour, mes cousines et moi prenions le chemin le long de la rivière, les pieds dans l'eau, sans oublier de faire une halte dans notre champ de grenadiers. Quelquefois, on en profitait pour se déshabiller et se baigner rapidement dans l'eau fraîche, tout en nous aspergeant allègrement. Mais il ne fallait pas trop traîner car tante Elvira avait besoin de ses filles pour l'aider au café à l'heure du repas. Au retour, nos paniers étaient vides mais nos têtes remplies de souvenirs merveilleux...

Que mon village me semblait beau au coucher du soleil !

Le soir, lorsque la température devenait beaucoup plus supportable, les villageois en profitaient pour sortir enfin de chez eux et se promener. Une fois que les cheminées ne fumaient plus, le ciel retrouvait un semblant de couleur bleue. A la nuit tombée, le ciel était parsemé d'étoiles ; mes amies et moi montions alors au point culminant du village, et regardions le spectacle, sans cesse renouvelé, des nuages dans le ciel et les silhouettes des arbres se dessinant au loin, sur l'horizon, dans la plaine environnante.
Combien d'heures avons-nous passées, assises sur les rochers, à guetter les étoiles filantes, à faire des vœux qui ne se sont jamais réalisés, à rire de tout et de n'importe quoi ?
Je ne sais plus, mais à ce moment précis, je me souviens que j'étais simplement heureuse.

Tante Elvira était une des sœurs de maman. J'ai toujours eu beaucoup d'affection pour elle ; c'était une femme simple et généreuse. Entièrement dévouée à sa famille et le plus souvent devant ses fourneaux, elle était sans cesse à l'affût pour que sa sœur et ses neveux ne manquent de rien pendant leur séjour chez elle.
Elle avait toujours vécu dans cette ancienne maison de ville, dans le vieux quartier de Manises, et qui, avant elle, avait appartenue à ses beaux-parents. Cette maison, comme souvent dans le village, avait était transmise à l'aîné des enfants, de génération en génération. Elle n'était pas bien grande et une chaleur étouffante y régnait en été, mais pour rien au monde tante Elvira ne serait allée vivre ailleurs.
Dans ce quartier, chaque maison possédait sa propre cour et sa terrasse. Celle de tante Elvira ne lui servait qu'à étendre son linge le matin, tellement la chaleur y était insupportable en pleine journée. La maison était située dans un labyrinthe de vieilles ruelles étroites, pour se protéger du soleil omniprésent, où, même sans le vouloir,

du fait que toutes les fenêtre restaient ouvertes derrière leurs volets en bois, on entendait tout ce qui se passait dans le voisinage aussi bien de jour… que de nuit…

Malgré la chaleur, la promiscuité, le bruit permanent, car même chez tante Elvira ce n'était pas non plus de tout repos, nous étions heureux de nous retrouver chez elle.

Mon oncle Manuel était le mari de tante Elvira. Il avait la gestion d'un bar sur la place de l'église, la « Cafeteria Ciudad ». Tante Elvira y faisait la cuisine et préparait les « Tapas ». Leurs enfants, mes cousines et cousins servaient en salle, au comptoir et en terrasse. Oncle Manuel fabriquait des glaces maison et sa fameuse « Orchata », faite à partir des tubercules de souchet et qui se boit glacée, une spécialité délicieuse de Valence.

Sur le vieux comptoir en mosaïque ancienne très colorée, tante Elvira disposait de grands bocaux en verre à l'intérieur desquels boudins, saucisses et chorizos frits étaient conservés dans l'huile. Dans la vitrine réfrigérée, tortillas, poivrons, olives, moules à l'escabèche, anchois à l'huile et seiche grillée, donnaient l'eau à la bouche. Les spécialités de ma tante étaient censées donner envie aux clients lorsqu'ils buvaient une bière au comptoir et tout cela fonctionnait à merveille.

Quelquefois, il m'arrivait de passer derrière le comptoir pour servir les clients, mais mon oncle Manuel n'appréciait pas particulièrement que je serve les hommes présents, surtout pas sa nièce qu'il était censé « surveiller ».

Je garde de lui le souvenir d'un homme dur et rétrograde, fermé au dialogue et très autoritaire. Il imposait sa loi et tout le monde devait lui obéir. Un énorme cigare cubain coincé en permanence entre les lèvres, très brun, avec de grosses lunettes noires qui le rendaient encore plus austère, je ne l'ai jamais vu sourire et encore moins entendu rire.

Il ne faisait jamais de compliments et ne savait parler qu'en haussant le ton de sa voix grave. Il passait son temps à donner des ordres et tout le monde s'exécutait en silence. Personnellement, il ne m'a jamais impressionnée et je ne l'ai jamais aimé. Par-contre sa glace au nougat était divine et les clients ne s'y trompaient pas car ils venaient de loin pour la déguster dans son café, le soir à la fraîche.

Des années plus tard, après une attaque foudroyante, mon oncle resta paralysé d'un côté. Il ne pouvait plus ni parler, ni marcher et passait son temps assis dans un fauteuil à écouter la radio, en priant, chapelet à la main. Au bout de plusieurs mois sans aucune amélioration, ma tante décida d'abandonner la gérance du bar. Ses enfants ne souhaitèrent pas succéder à leur père avec qui ils étaient constamment en conflit et pour ma tante seule, la tâche s'avérait impossible.

Mon oncle resta paralysé durant quatre longues années, assis sur son fauteuil roulant, égrenant d'une seule main son chapelet et observant tous les faits et gestes de la famille sans pouvoir dire un mot. Puis une nuit, il se leva seul pour se rendre aux toilettes...

Pour lui, extrêmement croyant et fervent catholique, cela ne pouvait être qu'un miracle !

Bien qu'il ne retrouvât jamais à cent pour cent son autonomie, il put, à la longue, se déplacer seul en s'aidant d'une canne et il finit par retrouver l'usage de la parole presque correctement. Nous pensions que cette épreuve l'aurait rendu plus aimable mais ce fut loin d'être le cas. Il reprocha longtemps à ses enfants et à sa femme, en particulier, la perte du café. Tout était uniquement de leur faute. Il ne pouvait en être autrement...

Puis il y avait la voisine de tante Elvira : Anna.

Anna était une cousine du chanteur Luis Mariano et lorsque celui-ci venait lui rendre visite et restait quelques jours à Manises, rien n'allait plus pour ma tante. Dès que les habitants apprenaient que le chanteur était de retour, un concert permanent de vocalises avait lieu nuit et jour sous ses fenêtres et, par la même occasion, sous celles de tante Elvira.

Et autant dire qu'ils n'étaient pas tous des ténors !

Plus d'une fois, la nuit, ma tante excédée, avait essayé de mettre un terme à cette « torture », comme elle disait, mais une fois lancés, il était impossible d'arrêter les chanteurs. J'attendais en silence et en souriant à l'avance car je savais, qu'au bout de quelques minutes, les noms d'oiseaux n'allaient pas tarder à fuser d'un peu partout dans les ruelles.
Je n'ai jamais compris pourquoi ces personnes venaient chanter sous les fenêtres d'Anna ; sans doute pensaient-ils naïvement que l'artiste les remarquerait, et leur ouvrirait les portes du succès. En fait, lorsqu'il était à Manises, Luis Mariano ne sortait pratiquement pas de chez sa cousine, pour éviter d'être importuné par ses fans, car il était très populaire. Je me souviens lui avoir serré la main un jour que j'accompagnais ma tante chez Anna. Il était assis dans un immense fauteuil en rotin, un livre dans les mains ; lorsqu'il leva les yeux sur moi, il me sembla froid et distant. J'avais eu l'occasion de le voir au cinéma à Paris avec mes parents, mais ici, sans son costume blanc, son sombrero et son sourire étincelant, ce n'étais plus du tout le même homme.
Ce jour-là, j'eus bien du mal à reconnaître le fameux « chanteur de Mexico » pourtant si sympathique à l'écran !

***

LE LAVOIR

Dans le village, les plus belles maisons avaient toutes leur patio, un jardin intérieur aux murs hauts, recouvert jusqu'à mi-hauteur d'azulejos. Les fresques, représentaient souvent des fleurs, des oiseaux exotiques ou des figures géométriques très élaborées et colorées. Parfois, chez les plus chanceux, on pouvait y entendre le clapotis rafraîchissant d'une fontaine en faïence. Des bougainvillées, d'un violet intense, dégringolaient à profusion sur les murs blanchis régulièrement à la chaux. La plupart du temps, on y trouvait une tonnelle recouverte d'un jasmin odorant sous le soleil, des fauteuils et une table en rotin. Au sol, de nombreux pots de fleurs envahissaient peu à peu l'espace où cactées et autres plantes se serraient les unes contre les autres, dans un désordre très orchestré par la maîtresse de maison.

Chez les moins fortunés, on se contentait d'un « corral », une simple cour où quelques poules et lapins se côtoyaient dans des cages ou en liberté, sans oublier les perruches toujours présentes dans presque chaque foyer de Manises. Ici, des chaises en paille tressée faisaient aussi bien l'affaire pour se reposer à l'ombre. Un toit en cannisse ou une simple bâche en coton épais, étaient suffisants pour se protéger du soleil ardent de l'après-midi.

Chez tante Elvira, tout y était réuni !

Mon occupation favorite était de jouer avec les poussins en les prenant dans les mains, malgré les protestations des poules et celles de ma tante, en particulier. Les femmes se réunissaient entre elles dans ces cours, tantôt chez l'une, tantôt chez l'autre pour coudre, broder, échanger des boutures de fleurs, des graines ou des recettes de cuisine, tout en buvant une orangeade.

Tout en discutant, elles faisaient tinter les glaçons dans leur verre et, à grands coups d'éventail, refaisaient le monde, parlant le « valencien », le dialecte local, entre elles lorsqu'elles ne voulaient pas que les nouvelles venues dans le voisinage, les comprennent.
Les commentaires de ces femmes allaient bon train et tout le monde, sans exception, était passé au crible.

Il y avait le maquillage excessif de Violetta, la voisine d'en face, le décolleté bien trop provocant de Amparo, la poitrine surréaliste de Aurora, la jeune veuve d'à côté qui, depuis le décès de son mari, collectionnait les amants comme les pots de fleurs qu'elle alignait méticuleusement sur son balcon. Le fessier impressionnant de Pepita la poissonnière qui, au lieu de le cacher, prenait un malin plaisir à le mouler dans des jupes beaucoup trop serrées. La bouche carnassière et bien trop rouge de Pilar, la bouchère, dont le mari subissait en silence les excentricités et les allusions salaces que sa femme partageait avec certains de ses clients masculins, sans oser intervenir ; les robes trop transparentes de Paquita qui, toutes ces femmes l'auraient juré, ne portait jamais de culotte et sans parler de Conception qui minaudait tant qu'elle pouvait devant le nouveau facteur alors que, toujours selon elles, il n'en avait rien à faire...
Les hommes non plus n'étaient pas épargnés. Le voisin de l'angle de la rue qui ne payait pas de mine mais, comme le prouvait les cris de sa femme certaines nuits, semblait être un sacré étalon ; l'épicier et ses mains baladeuses, qui ne pouvait s'empêcher de sauter sur tout ce qui bougeait car toutes les femmes, sans exception, lui plaisaient et sans parler du nouveau marchand de graines du marché, si beau garçon, mais comment dire, si ...efféminé.
D'autres commentaient leur dernière visite au cimetière où elles se retrouvaient ensemble pour nettoyer et refleurir les tombes de leurs défunts maris et, ainsi, voir les veuves qui n'étaient pas venues depuis longtemps accomplir leur « devoir » ... etc....

Tout pour ces femmes était prétexte à commérages, mais il y avait aussi un lieu « sacré » où elles adoraient se retrouver tout particulièrement : le lavoir.

Ah, le fameux lavoir !

Si on voulait savoir tout ce qui se passait au village, les disputes, les prétendues infidélités et les inventions de toutes sortes, il fallait absolument se rendre au lavoir, tôt le matin. En moins de dix secondes vous étiez informé des derniers potins circulant à Manises et aux alentours.

Accessoirement, on y venait aussi pour laver son linge...

Le petit lavoir, décoré de faïence bleue, jaune, rouge et blanche, aux couleurs du village, faisait office de salon en plein air. J'aimais écouter toutes ces femmes parler, le verbe haut, tout en tapant leur linge vigoureusement avec leur battoir. Penchées au-dessus du bassin, bras nus et sueur au front, les lavandières mettaient du cœur à l'ouvrage. Entraînées par leurs discussions incessantes, elles frottaient, tapaient et rinçaient leur linge en cadence. Venir dans cet endroit, qui sentait bon le savon et la lessive, au milieu de toutes ces femmes parlant sans aucune retenue de choses, la plupart du temps intimes, me plaisait.

Sous une tonnelle de bougainvilliers d'un rouge violacé, se trouvaient des bancs usés par des générations de femmes s'y reposant quelques instants après avoir terminé leur lessive. J'aimais y venir en compagnie de ma tante et de mes cousines. Nous trempions nos pieds dans l'eau fraîche en évitant soigneusement la mousse qui ressemblait à des œufs montés en neige et parfois, lorsque d'un seul coup les rires fusaient de toute part, on essayait de comprendre les allusions coquines, à peine voilées, de ces lavandières sur les hommes du village. Ce lavoir, on y venait tôt le matin, mais on ne savait jamais l'heure à laquelle on en repartirait.

Souvent, sur le chemin du retour, elles continuaient encore à parler, rire ou chanter avec leur bassine sur la hanche, débordant de linge fraîchement lavé. Je n'oublierai jamais ces moments passés en leur compagnie où chacun en avait pris pour son grade !

Une fois le lavoir déserté de ses lavandières, on pouvait à nouveau entendre, dans le silence récent, le chant des oiseaux, l'eau claire et rafraîchissante, coulant en filet régulier, comme pour laver l'endroit de tous ces commérages futiles.

***

EL PASEO

À 18 heures, les fabriques fermaient leurs portes et les ouvriers rentraient chez eux. Les habitants ouvraient la leur pour faire entrer un peu de fraîcheur. La chaleur se voulait moins mordante et le village se réveillait peu à peu, sortant de sa torpeur de l'après-midi. On pouvait entendre à nouveau les chiens aboyer, les chats sortir dans les rues en s'étirant et la vie reprendre dans les maisons. Vers 19 heures, les jeunes pouvaient se préparer pour la fameuse promenade quotidienne :

« El paseo ».

Les filles se maquillaient et se parfumaient à outrance, enfilaient de jolies robes et tout le monde était prêt pour se montrer. Les filles paradaient en arpentant de long en large la rue principale du village, sous l'œil coquin des garçons et ceux vigilants des anciens.

Le rituel du « paseo » pouvait alors commencer...

Devant chaque maison, aux portes grandes ouvertes, les villageois prenaient place sur les rocking-chairs. Ils pouvaient ainsi commenter le spectacle tout en prenant le frais. Les anciens regardaient ces jeunes gens, les hommes d'un air nostalgique et leurs femmes, tristes de leur jeunesse passée. Eventail en mains, elles les observaient avec attention, tout en les trouvant dévergondés et oubliant qu'elles en avaient fait de même à leur âge.

Dans les rues, les cafés faisaient déborder leurs chaises sur la chaussée pour l'heure tant attendue des « Tapas », et il fallait souvent attendre une bonne demi-heure pour avoir une table disponible. Chez mon oncle, c'était le rush. Toute la famille s'activait pour servir la clientèle nombreuse et exigeante, désireuse de bien manger et de boire quelque chose de frais par cette chaleur. Dans la salle, le bruit était assourdissant, les gens parlaient fort, les enfants couraient en braillant parmi les tables. La télévision, allumée en permanence, diffusait ses programmes sans interruption au milieu de ce brouhaha, sans que les clients présents y prêtent une quelconque attention...

Tout le monde étant occupé, nous étions mes amies et moi livrées à nous-mêmes. Personne pour nous surveiller ; on pouvait faire ce qu'on voulait, mais avec quelques limites tout de même.

Manises était pour moi le paradis !

Ma liberté soudaine, sans mon père qui ne me laissait rien faire à Paris, me donnait des ailes et j'avais bien l'intention d'en profiter tout au long de mes vacances.

En fin de soirée et malgré l'heure tardive, les terrasses du centre étaient bondées comme un après-midi d'été en plein Paris. Après avoir dîné, on se mêlait à la foule dans les rues du village noires de monde, jusqu'à une heure avancée de la nuit. Je devais impérativement rentrer à 1 heure du matin mais maman aimait aussi flâner le soir, car c'était le bon moment pour profiter de la fraîcheur. Je venais la rejoindre au bar de mon oncle, où, dans le fond de la salle, les anciens jouaient encore aux cartes ou aux dominos en s'invectivant et en buvant des bières. Nous dégustions une glace toutes les deux, en attendant que tante Elvira termine son service pour rentrer avec elle, tout en écoutant le bruit des dominos s'entrechoquant sur les tables en bois.

Au fur et à mesure que les années passaient, je ressentais le besoin de me replonger dans cette ambiance décalée et malgré certaines coutumes, que je trouvais archaïques, je ne pouvais m'empêcher d'y revenir tous les ans, c'était un besoin viscéral. Une fois par an à Manises, sans toutes ces contraintes lourdes que m'imposait mon père à Paris, les vacances avec maman, beaucoup plus laxiste, étaient sacrées. Je me souviens de mes premiers émois, de mes premiers amours ; ils avaient eu lieu à Manises. Mon premier baiser, mon premier petit copain, Enrique, qui me jouait de la guitare, assis sur le perron de chez mon grand-père, en me chantant ses chansons, c'était à Manises. Mes premiers secrets amoureux partagés avec mes amies et mes cousines c'était encore à Manises. C'était ici que je me sentais le mieux, libre et heureuse avec toute la fougue et l'insouciance de ma jeunesse. Mais je savais que dès notre retour à Paris, la réalité serait tout autre.

D'une grande rigueur dans tout ce qu'il entreprenait, papa pouvait aussi être une montagne de contradictions et d'une mauvaise foi évidente dès qu'il s'agissait de moi. Il avait lutté une partie de sa vie pour la liberté et il me volait la mienne ; il ne supportait aucune contrainte, mais je devais subir les siennes ; il ne se pliait à aucune règle mais, moi, je devais coûte que coûte me plier aux siennes, sous peine de sanctions. Il avait dit un jour :

– *Toute dictature justifie souvent la haine.*

J'avoue avoir éprouvé plus d'une fois ce sentiment envers lui. A cette époque, toute discussion, entre lui et moi, devenait rapidement orageuse, et maman, qui, à la longue, ne supportait plus nos querelles, servait souvent de « tampon ».
En ce qui me concernait, mon père perdait toute son objectivité et il pouvait se montrer dur, intransigeant et parfois violent. La sévérité et le peu de confiance qu'il me témoignait m'exaspéraient. Je savais que je ne devais pas le provoquer, mais c'était plus fort que moi et bien souvent cela se terminait par une bonne gifle ; alors maman, avant que cela ne dégénère davantage, était obligée d'intervenir.
Adolescente, je me suis souvent demandé si mon père m'aimait vraiment et j'avoue en avoir douté plus d'une fois. Il n'avait jamais été très démonstratif en matière « d'affection », d'ailleurs, lui et moi,

on ne s'embrassait que deux fois par an, le jour de nos anniversaires respectifs. Plus tard, je n'ai jamais osé aller vers lui, persuadée, peut-être à tort, qu'il aurait détesté cela. Je ne lui ai jamais confié mes craintes, mes chagrins, mes doutes d'adolescente, de peur d'être incomprise, ou repoussée ou tout simplement sanctionnée. Mon père me parlait très peu et je ne devais, en aucun cas, compter sur ses encouragements, il ne m'en a jamais fait.

Il ne m'a jamais félicitée pour quoi que ce soit, je ne devais surtout pas me plaindre et encore moins pleurer car tout signe de faiblesse m'était interdit. Il voulait que je sois forte et indépendante, alors qu'en réalité j'étais tout le contraire.

Adolescente, mon père ne m'a jamais comprise.

A Paris, maintenant que j'avais un métier, je revendiquais de plus en plus mon besoin d'indépendance.

Je commençais à fréquenter des garçons, j'allais danser. Ma seule alliée était ma mère à qui je racontais... presque tout...

Avec le temps, la tension entre mon père et moi, bien que toujours palpable, était moins souvent présente. Pourtant, il m'avait toujours inspiré un grand respect pour l'homme qu'il était et pour tout ce qu'il avait fait et enduré dans sa vie. J'avais une profonde admiration pour son courage, son intégrité, ses opinions bien arrêtées et surtout pour sa générosité sans faille envers tous ceux qui avaient eu un jour besoin de lui.

C'était un homme « dur », mais il savait aussi être profondément humain. Il n'avait jamais voulu nous parler de cette guerre fratricide à laquelle il avait participé, ni des tortures qui lui avaient été infligées ainsi que ces années d'emprisonnement qui lui avait volé une partie de sa vie. Il s'était battu pour un idéal qui n'avait jamais vu le jour et je sais que sa déception avait dû être immense.

A présent il ne croyait plus à grand-chose ; mais j'admirais cette volonté extraordinaire qui l'animait encore, malgré son passé douloureux et qui le poussait malgré tout à toujours aller de l'avant, sans jamais regarder derrière lui. Il ne nous avait jamais parlé de tout ce qu'il avait perdu, de ses souffrances, de ses angoisses et de ses désillusions. Il ne nous a jamais dit s'il avait gardé de la rancœur, mais c'était fort probable, il ne pouvait en être autrement. En France il avait changé, il était devenu un autre homme, mais ses idées et ses convictions étaient restées intactes au fond de lui. Papa disait souvent :

– *Ce qui est passé est passé.*

Mais je le connaissais bien ; c'était un homme secret, et meurtri au plus profond de ses entrailles. Je savais pertinemment que tout n'était pas fini, et même s'il n'en parlait pas, les évènements passés étaient toujours bien présents, ils sommeillaient en lui tout simplement. Non, il n'avait rien oublié, il ne pourrait jamais rien oublier car ses vieux démons l'ont accompagné, tel un fardeau lourd à porter, jusqu'à la fin de sa vie.

Ce qui était passé était passé, oui, mais loin d'être oublié...

***

DON PABLO

A Manises le pouvoir de l'église et de Don José, son vieux curé, m'intriguait énormément. Même si la plupart du temps je partageais les idées de mon père en matière de religion, il avait toujours revendiqué son « athéisme » ; dans les années soixante au village il valait mieux ne pas le crier sur les toits au risque de passer pour un impie et de se mettre tout le monde à dos.

A l'époque, le pouvoir de l'église et de son curé était impitoyable. Tout le monde craignait Don José et il était très respecté. Le dimanche, à la messe, il comptait ses brebis et gare à celles qui s'égaraient du troupeau, son sermon, la fois d'après, pouvait être terrible.

Un jour, ce vieux curé mourût et on envoya pour le remplacer le jeune et charismatique Don Pablo.

Mon Dieu, Don Pablo !

Don Pablo, devint le nouveau curé de Manises et, en peu de temps, le village perdit sa quiétude légendaire. C'était un homme d'une beauté saisissante, élancé et de belle carrure. Ses cheveux d'un noir profond, ses yeux d'un bleu intense et son sourire enjôleur faisaient chavirer secrètement les cœurs. Cet homme était, pour toutes ces femmes, la tentation incarnée et rien que de le regarder, elles étaient prêtes à se damner pour lui. On se passa rapidement le mot ; il était jeune, ne se déplaçait qu'en moto, habillé le plus souvent d'un simple jean et d'un blouson de cuir. Don Pablo n'était pas un curé comme les autres. Certaines paroissiennes l'avaient même vu se baigner dans la rivière, en maillot de bain et tout à fait par hasard, bien entendu...

Dieu que Don Pablo était beau !

On cherchait à le voir passer, on voulait l'approcher, lui parler, il avait tout pour plaire et il plaisait. Mais au grand regret de certaines paroissiennes, il n'avait pour « femme et maîtresse » que l'église la Vierge Marie et tout le rituel qui l'accompagnait. Rapidement la belle église blanche de la place du village doubla de fréquentation, comme par miracle !

Le dimanche, il fallut ouvrir en grand ses énormes portes afin que tous les fidèles puissent assister à la messe. En plus de dix ans, oncle Manuel, depuis son bar, n'avait jamais vu une telle affluence à la messe dominicale.

Subitement, le lavoir aussi était devenu trop petit. Les femmes y venaient de plus en plus nombreuses, à croire que l'eau y était bénie par Don Pablo. A présent il y avait tellement de monde qu'il fallait faire la queue pour laver son linge, mais les battoirs tapaient beaucoup moins fort, et les langues se libéraient sans aucune retenue. On y parlait de qui ? Je vous le donne en mille : du jeune et beau curé, bien entendu, et chaque femme y allait de son commentaire !

Don Pablo y était «détaillé» sous toutes les coutures.

On racontait qu'il avait un corps d'athlète, une bouche appétissante et un regard ardent. A les entendre, toutes ces femmes étaient prêtes à tout pour l'approcher, de très près. On parlait beaucoup de lui dans les maisons, un peu trop à la grande inquiétude des hommes qui trouvaient ce jeune curé trop moderne à leur goût. On se confessa beaucoup cette année-là ; même moi, pour qui c'était une première, je voulus voir en chair et en os ce curé dont tout le monde parlait et, au moment où il me donna l'hostie, j'avoue que je ne fus pas déçue, c'était vraiment un très bel homme...

Don Pablo, avec la fougue de sa jeunesse, avait également des idées novatrices. Il se rapprochait des jeunes et il prenait le temps de les écouter lorsqu'ils lui disaient s'ennuyer au village. Il faut dire qu'il n'y avait aucun endroit pour se réunir. Les jeunes gens demandaient un espace bien à eux pour se retrouver et s'amuser, à l'abri des regards soupçonneux des anciens. Certes, il y avait bien deux cafés et une salle de billard vétuste, faisant office de lieu de rassemblement ; mais pas de cinéma, pas d'endroit où écouter un peu de musique et surtout les jeunes filles voulaient danser !

Don Pablo écoutait tout le monde : les jeunes, les vieux et surtout les femmes en grand nombre, qui se précipitaient sans vergogne à l'église sous un prétexte quelconque.

A la longue, les jeunes réussirent à convaincre Don Pablo et celui-ci, un beau matin, alla défendre leur cause auprès de la municipalité. Il revendiquait un local où les jeunes pourraient se retrouver et écouter un peu de musique en buvant un jus de fruit. Bien entendu, il se portait garant du bon fonctionnement de cette nouvelle structure et, après quelques réunions mouvementées, car tous les élus n'étaient pas d'accord, la municipalité lui donna enfin le feu vert.

Quel homme ce Don Pablo !

Lorsque la population apprit la nouvelle, ce fut la stupéfaction. Là c'en était trop, ce jeune curé dépassait les bornes et outrepassait ses prérogatives par la même occasion. A partir de ce jour survint l'évènement qui, pour la première fois de l'histoire, devait opposer le village en deux clans. Les plus vieux, avec la vieille Carla en tête, qui, au nom des valeurs morales et religieuses, refusaient un quelconque changement dans le village et encore moins l'ouverture d'un « dancing ».

Les plus jeunes, avec Don Pablo, désireux de voir Manises vivre et s'animer enfin...

***

LA SEMAINE SAINTE

Nous venions tous les ans à Manises spécialement au mois de juillet, pour participer aux grandes fêtes de la semaine sainte qui animaient alors tous les villages de la région. Les paroissiens tenaient tout particulièrement à cette procession qui rendait hommage aux deux sœurs saintes de Manises.

En fin de journée, à la « fraîche », dans un silence presque total, le cortège défilait dans les rues, dont le sol avait été au préalable peint et parsemé de pétales de roses. En tête du cortège, se trouvait Don Pablo, suivi par les porteurs des saintes avec leurs manteaux, cousus de fils d'or, que les fidèles touchaient au passage, avec la certitude qu'elles leur apporteraient un peu de bonheur. Portées par six hommes, les saintes semblaient pourtant si indifférentes à toute cette ferveur religieuse.

Les villageois ouvraient leurs portes afin d'être bénis par Don Pablo, en priant doucement mais intensément au passage de la procession. Les plus fervents fidèles et les pénitents, cierge à la main et tête baissée, accompagnaient le cortège en priant. C'était assez impressionnant d'entendre leurs murmures dans ce silence, leurs cierges éclairant les petites ruelles du village et cette odeur de cire chaude dans la tiédeur de la nuit.

Puis il y avait aussi la fête de la céramique, bien plus festive, la fameuse :

« Cabalgata »

Des chars, décorés pour l'occasion, lançaient des bonbons à profusion aux enfants qui les attrapaient au vol en hurlant. Puis suivaient d'autres chars, remplis eux de toute sorte d'objets en céramique, lancés sur la foule présente, et qui, bras levés, essayait tant bien que mal, de les saisir avant qu'ils ne se fracassent sur le sol. Les chars ne s'arrêtaient pas, il fallait être habile et les plus beaux lots étaient rapidement saisis. Les personnes les plus grandes avaient un avantage, celui d'attraper au vol de superbes poteries. Vaisselle, vases, porte-parapluies, chandeliers, boites à bijoux et autres objets divers en porcelaine disparaissaient aussitôt lancés sur la foule. Tous ces cadeaux étaient offerts par les fabriques du village à la population une fois par an, depuis toujours.

Puis le dernier jour des festivités, un défilé grandiose rendait hommage à une partie importante de l'histoire du pays :

« Moros y Cristianos »

Ces fêtes commémoraient la reconquête de la péninsule ibérique par la victoire des Espagnols sur les Maures, et leurs affrontements passés entre les populations chrétiennes et musulmanes. Les participants défilaient dans de magnifiques costumes pour la circonstance. Il y avait les « Maures » et les « Chrétiens », vêtus chacun selon la mode de l'époque. Sur une musique lancinante, jouée par les protagonistes, on pouvait entendre leurs chaussures frotter le sol en cadence. Les couleurs chatoyantes des tenues et le maquillage élaboré des Maures étaient merveilleux. Chaque quartier s'investissait et mettait un point d'honneur à réussir la réalisation et l'organisation de ce défilé fastueux.

De nombreux touristes se déplacent aujourd'hui encore jusqu'à Manises afin d'assister à ce spectacle. La richesse, la variété des costumes, plus colorés, et précieux les uns que les autres, m'ont toujours impressionnée. Chaque quartier rivalisait de créativité pour l'élaboration de ces tenues afin qu'elles soient à la fois spectaculaires et originales, tout en étant les plus fidèles possibles à la réalité. Le final se terminait en apothéose ou éléphant et dromadaire, somptueusement parés de perles et de fleurs clôturaient le défilé.

Il s'en suivait un feu d'artifice magistral, pour notre plus grand bonheur, qui enchantait les spectateurs présents, petits et grands. Pour rien au monde je n'aurais raté ce spectacle qui était pour moi digne des mille et une nuits.

Toute l'année, les villageois préparaient ces festivités ; mais elles ne duraient qu'une quinzaine de jours et, le restant de l'année, les jeunes s'ennuyaient. Hormis les processions, quelques repas de rue offerts par la municipalité et quelques concerts, les occasions de s'amuser devenaient de plus en plus rares, surtout avec le sectarisme qui régnait alors à Manises.

***

CARLA

De retour à l'église et après son sermon, Don Pablo annonça à ses paroissiens qu'il prêterait dorénavant aux jeunes du village, avec l'aval de la municipalité, le terrain appartenant à l'église, sur lequel se trouvait un entrepôt désaffecté depuis de nombreuses années. Il y ferait un lieu de rassemblement où les jeunes pourraient venir en famille, écouter de la musique, danser et boire un verre le dimanche après-midi. Des cris d'indignation s'élevèrent, les jeunes gloussèrent de contentement mais la vieille Carla, assise au premier rang, n'en crût pas ses oreilles. Son visage s'empourpra de colère mais elle ne dit rien et attendit la fin du discours, puis elle se leva et se dirigea vers la porte d'un pas déterminé. Il faut dire que le terrain en question se trouvait non loin de chez elle.

S'il avait fallu décerner la médaille de la plus grande dévote du village, elle revenait sans aucun doute à la « vieille Carla ». C'était une petite femme vêtue de noir avec un éternel chignon et des chaussures plates en toile. Frêle et légèrement voûtée elle portait toujours à son bras un vieux filet à provisions en nylon, à l'intérieur duquel elle mettait son porte-monnaie. Tel un cafard, elle rôdait en permanence dans le village, en frôlant les murs, à l'affût du moindre évènement qui aurait pu agrémenter sa triste vie. Elle parlait de Dieu avec ostentation, en joignant ses mains sur sa poitrine décharnée, en levant ses petits yeux au ciel et en se signant en permanence. D'une main elle tenait son chapelet qu'elle égrenait constamment et de l'autre un éventail usé et effiloché, qu'elle portait machinalement devant sa bouche à chaque fois qu'elle parlait afin de cacher sa mauvaise dentition.

Quelquefois, lorsque les garçons nous suivaient dans la rue en plaisantant ou en nous chahutant, la vieille Carla, sortant de nulle part, leur emboîtait aussitôt le pas en leur donnant des coups de filet à provisions sur la tête tout en les traitant de bons à rien, ce qui avait le don de beaucoup nous amuser.

    Elle avait toujours été d'une grande laideur et en vieillissant elle s'était flétrie, telle une pomme ratatinée, oubliée dans un placard. Pour moi, la vieille Carla était sans âge ; elle faisait partie du paysage. Je l'avais toujours connue avec cette même tenue et ce même visage disgracieux. D'ailleurs, plus jeune, tout le monde la surnommait « Carla la sorcière ». On la fuyait comme la peste afin d'éviter ses sempiternelles critiques, car personne ne trouvait grâce à ses yeux...sauf le tout puissant, bien entendu !

    Cette femme avait consacré toute sa vie à Dieu et à Don José qu'elle avait servi fidèlement jusqu'à sa mort.

    Aujourd'hui, sans Don José et sans l'église, elle se sentait-elle complètement abandonnée. Plus personne ne semblait avoir besoin de ses services, pas même Don Pablo !

    Pour Dieu et l'église, elle avait mis sa propre vie entre parenthèses et ne s'était jamais mariée, ou sans doute n'avait-elle jamais trouvé son prince charmant, ce qui, en réalité, n'avait rien d'étonnant. Mais tant de dévotion l'avait aigrie et à présent que l'ancien curé n'était plus de ce monde, elle dévisageait tous les jeunes d'un œil inquisiteur, car la beauté et la jeunesse étaient pour elle synonymes de « péché originel ».

    Lorsqu'elle me rencontrait, elle ne pouvait s'empêcher de me mettre en garde :

— *Fais bien attention à toi Carmencin, tu grandis trop vite. Si tu fais des bêtises tu iras en enfer ! N'oublie jamais que, de là-haut, notre Seigneur voit tout ce qui se passe...*

    Tout en parlant, elle pointait son doigt tordu vers le ciel d'un air effrayant. Plus jeune, je ne voyais pas pourquoi la vieille Carla me mettait en garde, mais je savais parfaitement pourquoi les enfants la surnommaient « Carla la sorcière » ; en réalité, elle leur faisait peur.

Un jour, alors que nous étions tout un groupe de jeunes, filles et garçons, à parler et à rire sur la place du village, elle s'approcha de nous et s'adressa directement à moi, en me regardant droit dans les yeux :

— *Toi, tu ressembles de plus en plus à ton père ; mais sache que personne n'est au-dessus des lois, à part Dieu, bien entendu. Tôt ou tard, tout le monde aura des comptes à rendre, à ce propos, dis-moi plutôt comment va ton père, notre cher Don Juan ?*

Perplexe je haussai les épaules en me disant que les adultes avaient vraiment un langage bien à eux, souvent incompréhensible pour la jeune fille que j'étais en train de devenir. Néanmoins, je me promis de demander à papa si « Juan » était son deuxième prénom...

***

LOS FILTROS

Les fidèles les plus durs et les plus irascibles n'en revenaient pas, hurlant en chœur qu'à l'époque de Don José une chose pareille ne se serait jamais produite. C'était sûrement vrai, car le vieux curé avait un grand pouvoir de persuasion, surtout auprès du Conseil Municipal de Manises, sans parler du maire, ami proche et fervent catholique. Chaque dimanche, Alicia, son épouse, mettait son couvert à leur table et je n'osais même pas imaginer de quoi ils devaient parler !

Don Pablo les invita à être compréhensifs et généreux envers leurs jeunes, mais rien n'y fit. Après tout, si les jeunes s'ennuyaient, ils n'avaient qu'à travailler, répliquaient les anciens.

Le jeune curé tenta tout de même l'expérience, avec le soutien des élus de la mairie et, en un an, l'entrepôt en question se transforma en bal familial, au grand désarroi des anciens adorateurs de Don José.

Tout le monde mit la main à la pâte. Maçons, électriciens et carreleurs, ainsi que les jeunes du village recrutés par Don Pablo pour peindre et monter quelques cloisons. Ils donnèrent vie en peu de temps à ce projet et il fallait dire qu'une fois terminé, l'entrepôt avait vraiment fière allure. Les partisans venaient voir le travail accompli et exprimaient leur satisfaction, les détracteurs, quant à eux, vociféraient leur mécontentement devant les portes. Don Pablo n'en avait que faire et il baptisa l'entrepôt :

« Los Filtros ».

Les jeunes filles y venaient, accompagnées de leurs amies et parfois de leur mère et grand-mère, le dimanche après-midi. Don Pablo avait donné son feu vert pour l'ouverture d'une buvette, sans alcool bien entendu, et une fois par mois un orchestre local s'y produisait pour faire danser tous ces jeunes, qui, pour la première fois depuis longtemps, se sentaient enfin considérés. Peu à peu le bouche-à-oreille fonctionna si bien et la fréquentation prit une telle ampleur, qu'il fallut refuser du monde par mesure de sécurité.

Tout le monde voulait venir danser, même quelques anciens, toujours célibataires et surtout curieux, traînaient devant les portes d'entrée en essayant d'apercevoir ce qui se passait à l'intérieur. Le lieu faisait beaucoup jaser et surtout fantasmer les plus réticents.
La vieille Carla, quant à elle, ne décolérait pas. Elle criait à qui voulait bien l'entendre qu'il ne fallait pas compter sur elle pour rentrer dans ce lieu de perdition, qu'elle n'irait jamais à l'intérieur de son plein gré, ou alors les pieds devant. Qu'elle ne danserait jamais dans les bras de quelqu'un et encore moins dans les bras d'un homme !

Mais il faut savoir que personne ne lui demandait quoi que ce soit !

La plupart des jeunes de mon âge trouvaient cet entrepôt génial, mais c'était loin d'être l'avis de tout le monde. Les anciens ne parlaient que de « l'entrepôt de Don Pablo », lieu de débauche par excellence !
D'abord il y avait cette musique de fous, ensuite les couples se serraient de trop près. L'endroit attirait les jeunes des alentours pas toujours très fréquentables et tout cela avec la bénédiction du jeune curé ; quel scandale ! c'était carrément indécent. Il fallait révoquer Don Pablo, fermer ce maudit entrepôt une bonne fois pour toutes et que le village retrouve sa tranquillité d'antan.
En quelques mois, le phénomène prit de telles proportions que le village se divisa en deux clans. Jamais Manises n'avait connu une telle effervescence. Et, un matin de mai 1962, le maire et le Conseil

Municipal de Manises décidèrent, sous la pression d'une partie de ses habitants, de fermer « Los Filtros ».

Ce jour-là, fut une énorme déception pour tous ces jeunes et le plus grand tollé dont on parle encore quelquefois. Don Pablo ne fut pas révoqué car de nombreux fidèles souhaitaient qu'il reste, mais il devrait se contenter dorénavant de célébrer les messes, les mariages, les baptêmes, les communions, d'écouter les confessions de ses paroissiens et de donner sa bénédiction, point final.

Avec tout cela, il avait déjà de quoi faire !

On lui demanda de ne plus s'investir dans des opérations de ce genre qui n'étaient pas de son ressort et qui donnaient une mauvaise image de l'église. On lui fit également comprendre que s'il voulait rester, il devrait se plier, ce qu'il fit à contrecœur. J'ignorais quel coup tordu les anciens avaient bien pu faire pour obtenir aussi rapidement l'annulation du projet, mais notre intention était d'aller jusqu'au bout pour tirer cette histoire au clair !

Je dus tout de même me rendre à l'évidence cette année-là ; ce que je trouvais si « folklorique » et « amusant » lorsque j'étais plus jeune, tous ces rites, ces interdits, et ces traditions, devenaient à présent de plus en plus difficilement supportables. Ces coutumes austères pesaient comme une chape de plomb sur Manises et sa jeunesse. En y réfléchissant bien et malgré toute la tendresse que j'avais pour mon village natal, j'étais bien contente de vivre à Paris aujourd'hui.

Malgré mon désir de replonger régulièrement dans mes racines, un mois par an en Espagne me suffisait amplement. En grandissant, trop de choses m'indignaient et je n'étais pas la seule à le penser, loin de là. Bien des fois j'ai senti un vent de révolte gronder sur tous ces jeunes. Mais à quoi bon, c'était encore trop tôt, rien n'aurait changé ; il fallait comprendre que les gens n'étaient pas encore prêts pour de réels changements. Cet évènement avait causé une nouvelle blessure qui serait longue à cicatriser pour tous ceux qui s'étaient investis dans ce formidable challenge.

De retour à Paris, je fus heureuse de retrouver mon père resté, comme tous les ans, seul pendant quatre semaines et de revoir mes amies de Paris qui m'avaient tant manqué. J'avais énormément de choses à leur raconter et en France les gens étaient tellement plus libres !
Les années 60 se voulaient des années d'émancipation et de liberté. « Peace and love » était le mot d'ordre des jeunes de cette époque. Le monde était en pleine évolution, la situation changeait et on commençait à sentir les prémices d'une nouvelle ère. Un peu partout les jeunes voulaient du nouveau et revendiquaient plus de liberté, mai 68 était encore loin et pourtant on entendait peu à peu le bruit de la révolte gronder ici et là...

Mais en Espagne, c'était loin d'être le cas.

Cet été 62, j'avais osé me mettre en bikini sur une plage de Valencia et maman et moi ignorions que c'était interdit.
La Guardia Civil à cheval s'était arrêtée devant nous, qui bronzions tranquillement au soleil. D'un œil réprobateur mais d'une voix ferme, un des policiers dit :

– *Madame, je vous demande de quitter la plage toutes les deux sur-le-champ sous peine d'amende pour attentat à la pudeur !*
– *Attentat à la pudeur, mais pourquoi ?*
– *Le bikini est interdit sur cette plage, jeune fille tu as cinq minutes pour te rhabiller !*

Ma mère, indignée, aura beau prendre ma défense et leur expliquer avec véhémence que je n'étais qu'une gamine, j'avais dû me rhabiller rapidement avant que l'altercation finisse par nous mener au poste de la Guardia Civil.

J'avais 15 ans...

***

BERNARD

À mon retour de vacances, je repris mon emploi de vendeuse, en espérant des jours meilleurs.

Un an auparavant, un atelier d'architecture des Beaux-Arts de Paris loua des locaux au rez-de-chaussée de l'impasse et quelques étudiants venaient y travailler régulièrement pour préparer leurs examens. Quelquefois ils y restaient toute la nuit. Chaque matin, lorsque je partais au travail, j'apercevais toujours le même garçon, très blond, avec de grands yeux bleus. Il était souvent seul à cette heure matinale et me souriait en me saluant lorsque je passais. Un matin, il m'aborda avec dans les bras un adorable chaton.

C'est ainsi que je fis la connaissance de mon premier mari.

Bernard fut tout de suite accepté par mes parents et deux ans après, nous décidâmes de nous marier, c'était en février 1968. Ma mère était fière que j'épouse un futur architecte et mon père devait se sentir rassuré que je sois enfin « casée ». Notre mariage fut simple : une robe de mariée que j'avais moi-même dessinée et que maman m'avait confectionnée, un repas dans l'atelier d'architecture où Bernard étudiait à l'impasse, en compagnie de nos parents respectifs, la famille, des voisins et de quelques étudiants. Au menu une énorme paëlla, préparée par une amie de mes parents qui avait un jardin pour la faire cuire et un groupe de musiciens rock, cadeau offert par le tapissier décorateur, chez qui je travaillais de temps en temps comme « nounou » pour me faire un peu d'argent de poche.

Après notre mariage, fidèles à leur générosité indéfectible, mes parents déménageront pour nous laisser leur appartement de l'impasse qui était, d'après eux, beaucoup confortable pour nous et ils iront habiter rue Sedaine, dans un appartement plus petit, et bien moins lumineux.

Je repris mon emploi de vendeuse chez monsieur Bardot ; jusqu'à ce que Bernard termine ses études. Mais début mai, je fus prise de douleurs abdominales épouvantables et à la suite d'une hémorragie sur mon lieu de travail, on me transporta en urgence dans une clinique, près du Jardin des Plantes.

Après deux opérations consécutives je restai dans cette clinique plusieurs semaines, pendant les fameux évènements de « Mai 68 ». Lorsque je ressortis de la clinique tout était rentré dans l'ordre ou à peu près.

Les événements de « mai 68 » étaient presque terminés, j'avais quelques kilos en moins et une certitude : je ne pourrais plus jamais être mère.

Quelques mois plus tard, Bernard terminera ses études et obtiendra son diplôme d'architecte, mais il devra effectuer son service militaire. Il optera pour la coopération militaire et demandera son affectation en Afrique du Nord où il devra rester deux ans. Son point de chute devait être Colomb-Béchar, la porte du désert saharien.

Il partira le premier, afin d'assurer notre installation et quelques semaines plus tard, ce sera à mon tour de quitter le sol français, mes parents, mon petit frère et notre appartement, car nous n'aurions pas pu en payer le loyer pendant notre longue absence. Encore fragilisée par mes deux interventions chirurgicales et démoralisée par ce que je venais d'apprendre concernant mon infertilité, je partis rejoindre Bernard, en espérant que je n'aurai aucun problème de santé loin de mes parents et de la France. Je démissionnais, à regret, de mon emploi de vendeuse et ce fut un nouveau départ vers l'inconnu et aussi une grande incertitude quant à notre retour à Paris.

Après un concours de circonstances finalement heureuses, nous resterons à Alger. Je ne travaillais pas alors j'allais à la plage tous les après-midis mais je n'avais pas d'amies et je me sentais très seule. Vincent, mon frère, alors âgé de 12 ans, viendra nous rejoindre pendant les vacances scolaires d'été. Avec Vincent à la maison j'avais l'impression d'être un peu avec mes parents, qui me manquaient terriblement.

L'Algérie, si belle, son climat, qui n'est pas sans me rappeler celui de l'Espagne et ses habitants si fiers, mais si hospitaliers. Je me souviens encore de la beauté des paysages grandioses et sauvages du désert, de cette immensité, et de ces couchers de soleil magnifiques.

Et puis il y avait eu cette journée de mai 1972, où le président de la république algérienne, Houari Boumediene, recevait le chef d'état cubain Fidel Castro à Alger. En vue de la prochaine conférence des pays non alignés qui devait se tenir un an après. Je revois encore la foule en liesse, et les rues désertées de leurs habitants pour voir passer le cortège.

Je n'ai jamais regretté mon séjour en Algérie, malgré le manque récurrent de mes proches et quelques grands moments de solitude.

Heureusement, nous avions apporté une cantine bondée de livres et je crois que je n'ai jamais autant lu durant ces deux années. Sur les conseils de Bernard qui ne comprenait pas que je puisse me contenter uniquement de mon certificat d'études, je mis à profit ces deux années à l'étranger pour reprendre mes études par correspondance. Je ne travaillais que le matin et je trouvais qu'il n'était pas facile d'étudier seule, mais je mettais un point d'honneur à apprendre car je voulais prouver à Bernard que j'étais capable de le faire, si je m'en donnais la peine. A l'inverse de mon frère, je n'ai jamais été une élève brillante, je travaillais uniquement si la matière m'intéressait et si la maîtresse n'était pas autoritaire. L'école, avec toutes ses règles, m'ennuyait profondément, mais il suffisait que je travaille pour quelque chose qui me tenait à cœur et là j'obtenais d'excellents résultats. Dès notre retour à Paris, je passais mon BEPC avec succès. Le jour de l'examen, lorsque je rentrai dans la classe, les jeunes élèves présents pensèrent que j'étais la surveillante. Malgré cette anecdote, je ne remercierais jamais assez Bernard de m'avoir poussée à rependre mes études.

Contrairement à l'image que je pouvais donner, je n'ai jamais été sûre de moi, bien au contraire, mais lui savait de quoi j'étais capable et surtout, il croyait en moi. Bernard m'encourageait sans cesse, me disait que j'avais du potentiel et qu'il était dommage que je ne l'exploite pas. Il me reprochait souvent de ne pas vouloir me battre pour obtenir quelque chose de mieux ; il avait raison, je n'ai jamais eu un mental de gagnante et encore moins de compétitrice.

En fait, au bout de 17 années de mariage, Bernard me connaitra bien mieux que je ne me connaissais moi-même...

Avant notre retour en France, mes parents avaient à nouveau déménagé. Ils habitaient à présent rue de la Roquette et maman deviendra la gardienne de l'immeuble quelques années plus tard.

Ils nous trouveront également un appartement en location près de chez eux, dans la rue Popincourt. J'étais heureuse car pour la première fois de ma vie, j'allais enfin pouvoir profiter d'une douche ! Finis les bains publics de la Place Voltaire où nous allions, avec Bernard, chaque dimanche matin.

Mais toujours pas de WC !

Notre retour en France nous posa tout de même quelques problèmes de réadaptation. Nous étions sans le sou et sans travail...

Les débuts furent assez déprimants, mais nous avons toujours pu compter sur nos parents respectifs, qui furent présents pour nous, avec tout leur amour, leur dévouement, et leur générosité.

En attendant de trouver un travail fixe, j'occupai divers postes. Je travaillai comme vendeuse en chaussures aux Galeries Lafayette, secrétaire chez un expert-comptable du Boulevard Richard Lenoir, puis à nouveau comme secrétaire pour un conseiller municipal de la mairie du 11ème arrondissement de Paris. D'ailleurs, c'est lui qui m'incitera à passer le concours d'entrée dans une banque, en m'assurant qu'il y avait de nombreux postes à pourvoir et toutes sortes de débouchés.

Quelques semaines plus tard, Bernard décrochera, à son tour, un poste en mairie comme architecte-urbaniste en banlieue, et moi je serai reçue au concours d'embauche d'une grande banque parisienne. J'intégrai cette banque en septembre 1974 dans les services centraux. Les locaux étaient situés dans le 18ème arrondissement de Paris, à Barbès-Rochechouart.

Le quartier, pour l'avoir bien connu durant ma jeunesse, ne m'attirait pas vraiment et les locaux de la banque ne me plaisaient pas non plus. D'anciens grands magasins avec des salles spacieuses où une soixantaine de personnes, la plupart en blouse, travaillaient sur des grandes tables, et au bout desquelles se tenait la « chef », vérifiant le travail effectué. Le mien consistait à traiter des titres au porteur, de les comptabiliser, de les mettre en paquet, de les attacher et de remplir des bordereaux, le tout dans un vacarme assourdissant. Le service travaillait directement avec la Bourse de Paris et je me dis que je ne supporterai pas longtemps ce travail débile. Je regrettais presque mon emploi de vendeuse ; l'ambiance y était plus sympathique. Mais je me trompais allègrement car, finalement, j'y resterais trente et un ans, pratiquement le tiers d'une vie !

Toutes ces années m'auront permis d'avoir des amies fidèles avec qui je garde, encore aujourd'hui, des relations sincères d'amitié.

Florence, une collègue et amie de toujours, de dix ans ma cadette, avec qui je faisais des sorties mémorables organisées par notre C.E., Roselyne avec qui je m'entendais à merveille et Marie-Claire, ma compagne de sorties nocturnes parisiennes.

Ce travail abrutissant ne durera que deux ans, le temps pour moi de passer mon CAP de banque.

L'examen réussi, une amie me parla d'un poste à pourvoir au sein du comité d'entreprise. Mon rôle consisterait à prêter au personnel

des disques, des cassettes, des livres et des revues pour une période déterminée.
Le C.E. possédait un bibliobus qui sillonnait Paris et sa proche banlieue vers les sites excentrés. Il fallait que tout le personnel puisse bénéficier du prêt de livres et de disques que le C.E. mettait à leur disposition.
Cette idée me brancha aussitôt.

Nous étions trois personnes à travailler à bord de ce bus. Je garde un très bon souvenir de cette expérience et de ces trois années passées à leurs côtés. Marie-Claire, ma collègue, qui respirait la joie de vivre, et Albert notre chauffeur, qui faisait preuve d'une grande patience avec nous en toute circonstance et particulièrement lorsqu'on lui demandait de s'arrêter en pleine Ile Saint Louis afin d'aller chercher des glaces chez Berthillon !

Plus tard on me conseilla de suivre une formation pour devenir bibliothécaire. Deux ans après je passais le concours et, une fois mon diplôme en poche, on me proposa une mutation dans un autre quartier parisien : le boulevard Haussmann. C'était un quartier agréable et nos locaux se trouvaient dans un ancien appartement privé, situé au 8ème étage d'un immeuble haussmannien, il dominait les toits de paris. L'endroit était magique. J'y resterai avec ma collègue Roselyne, pendant dix ans, dix ans d'une totale complicité à laquelle je pense encore souvent.
Je me dis que, tout au long de ma vie active, j'ai eu énormément de chance de travailler avec des personnes fabuleuses. Je suis heureuse de les avoir connues et côtoyées tout au long de ces années, et je sais que sans elles j'aurais certainement trouvé beaucoup moins d'attrait à un parcours professionnel quelque peu chaotique.

**

LA RUPTURE

En quelques mois, la situation s'améliora nettement pour Bernard et moi. Nous avions chacun du travail et nous venions de laisser notre petit appartement de la rue Popincourt pour faire l'acquisition d'un sympathique duplex près de la rue du Chemin Vert, dans le 11ème arrondissement. J'avais enfin, et pour la première fois de ma vie, une spacieuse salle de bains et des WC dans l'appartement, j'étais aux anges !

Les années difficiles semblaient derrière nous et mes parents étaient contents de nous savoir enfin dans un certain confort matériel.

Moi aussi j'aurais pu être contente, mais voilà... Si comme on dit : le temps dévore tout, force est de constater que c'est bien vrai. Ensemble, nous nous étions sortis de nos nombreuses galères et à présent que nous étions de retour en France, que nous avions un travail, un bel appartement, que nous avions retrouvé nos proches, je n'étais pas heureuse. Il manquait quelque chose dans ce tableau presque parfait et quelque chose de taille : je voulais être mère et je ne le serais sans doute jamais.

De retour d'un voyage à Rome, où nous étions partis pour oublier nos problèmes, discuter de nos différends et prendre des décisions importantes pour l'avenir de notre couple, je dis à Bernard que j'allais demander le divorce. Depuis quelque temps rien n'allait plus entre nous et, bien qu'il se doutât de l'issue finale, ma décision laissera Bernard complètement anéanti.

Il m'en tint longtemps rigueur.

Je quittai Bernard après 17 années de vie commune. Nos projets et nos ambitions n'étaient plus les mêmes. Mon vœu le plus cher, celui de devenir mère, ne s'était jamais réalisé et Bernard attachait peu d'importance à ce désir qui était uniquement mien. Il n'avait jamais souhaité devenir père et ne comprenait pas toujours mes motivations. Il ne s'impliquait pas dans ce projet, lui ne pensait qu'à son travail et moi je me sentais de plus en plus seule. Alors après plusieurs tentatives infructueuses pour avoir un enfant, je dus me rendre à l'évidence, je ne serais jamais mère. On me déclara stérile mais je rejetai avec force cette assertion car je voulais encore y croire.

Certes, c'était moi qui avais voulu quitter Bernard ; je disais que j'avais besoin de casser la routine, de me sentir à nouveau libre. Mais lorsque je me retrouvai seule, pour la première fois de ma vie, dans mon studio du quartier de l'Odéon, je ressentis une profonde tristesse. Malgré les amies qui venaient me rendre visite et l'effervescence permanente du quartier, il m'arrivera souvent de me sentir très seule.

Cette soudaine solitude un peu déstabilisante, me permettra pourtant de remettre les choses en perspective et de redéfinir mes priorités. Je devais à présent faire le point sur ma vie passée et réfléchir à mon avenir. Après une période de doute, j'espérais que la vie avait encore des choses à m'apporter

Après tout, à 39 ans j'étais encore jeune !

J'aimais profondément ce quartier tumultueux ; c'est pour cela que je l'avais choisi et j'y resterai deux ans. Ce coin de Paris, en constante effervescence, où l'on pouvait faire ses courses à n'importe quelle heure du jour et de la nuit, où les boutiques restaient ouvertes jusqu'à une heure très avancée, m'enchantait. On avait l'impression que personne ne dormait jamais.

Souvent lorsque je rentrais du travail, je sortais du métro et m'engouffrais au cinéma Odéon juste à côté de chez moi. Je me promenais sur le boulevard Saint-Germain toujours foisonnant de monde, où j'allais faire une partie de bowling rue Mouffetard. Après un divorce difficile, cette nouvelle vie agitée de célibataire me convenait parfaitement.

Je me reconstruisis peu à peu, dans mon nouveau quartier, tout en me promettant de ne pas entamer une relation amoureuse de sitôt.

Deux ans plus tard, on me muta rue Bergère, et c'est là que je fis la connaissance de mon second mari...

***

FREDERIC

Frédéric était bien plus jeune que moi. Il était pompier et sportif de haut niveau. Nous avions les mêmes goûts et aimions rire ensemble. Je me sentis aussitôt à l'aise avec lui. Malgré son âge, il n'avait pas 20 ans, il était posé et très attentionné. Frédéric était un grand romantique et je le trouvais tout simplement craquant. Je voyais bien que je lui plaisais, mais depuis mon divorce, j'appréhendais de me lancer dans une quelconque aventure sans lendemain. Nous nous sommes « fréquentés » pendant plus d'un an, sans qu'il ne se passe quoi que ce soit entre nous mais au bout de tout ce temps, je dois avouer que j'étais tombée amoureuse de lui.

Il était arrivé dans ma vie à un moment où je savais exactement quels étaient mes désirs et mes priorités. Je parlais de Frédéric à mon entourage proche, et on me conforta dans ce choix si « romanesque », jusqu'au moment où notre relation devint plus sérieuse et lorsqu'il fut question de mariage, subitement tout le monde me mit en garde...

– Tu n'as pas peur d'une telle différence d'âge ? C'est un gamin et il partira un jour avec une fille plus jeune que toi... Fais attention, toi, tu n'es plus si jeune... Tu risques d'être malheureuse car une femme vieillit plus vite qu'un homme...Tu fais partie de ces femmes qui préfèrent les hommes plus jeunes et qui ne se voit pas vieillir...Sois raisonnable et redescends sur terre, etc...etc...

On me traita de folle, d'immature, d'inconsciente mais qu'importe, au diable tous ces gens malfaisants, je n'écoutai que mon cœur et je fis bien. J'ai remercié mille fois toutes ces personnes si bien attentionnées à mon égard, avec leurs idées rétrogrades et stéréotypées, avec leurs clichés douteux et leurs discours blessants.

Non, je n'avais pas peur et même si notre relation ne devait durer que quelque temps, tant pis, j'en prenais le risque.

Mon souhait le plus cher était d'être heureuse, j'en avais besoin, alors je décidai malgré tout de tenter l'aventure...

***

LE DIVORCE

Un jour que j'évoquais avec ma mère la probabilité d'un mariage avec Frédéric, celle-ci me répondit :

— *Fais ce que tu veux, de toute façon, depuis que tu es née, tu n'as jamais rien fait comme tout le monde !*

Dans sa bouche, c'était loin d'être un compliment !

Ma mère faisait référence à mon obsession de devenir danseuse, à mes études sur le tard, à mon divorce, le premier de la famille et qu'elle n'avait jamais accepté, sans parler du fait que je n'avais pas eu d'enfant. Et pour couronner le tout, je voulais épouser un homme de 19 ans mon cadet !

Mais elle se gardera bien de commenter sa propre différence d'âge avec mon père, qui était de 20 ans son aîné. Parait-il que ce n'est pas pareil. Il faudra bien que l'on m'explique un jour pourquoi ce serait normal dans un sens et honteux dans l'autre....

Mon père, à mon grand regret, ne connaîtra jamais Frédéric. Mais je dois dire que je fus agréablement surprise en constatant que papa, d'ordinaire si intolérant à mon égard, avait mieux compris, que ma mère, mon souhait de divorcer.

Déjà bien malade, un jour, qu'il semblait plus enclin à vouloir me parler, il me demanda la raison de ma tristesse, je ne voulais pas mentir alors je lui avouais que je n'étais plus heureuse avec Bernard et que j'avais l'intention de le quitter. Je m'attendais à une montagne de reproches mais il n'en fut rien et après un long silence, il me dit :

— *Marie-Carmen, si tu es sûre de toi, alors dis-le lui et divorce. Tu ne dois jamais faire semblant. Ne te force pas à faire quelque chose que tu n'aimes pas ou tu le regretteras toute ta vie. Sois honnête avec toi-même et avec les autres et va toujours au bout de tes idées.*

J'allai au bout des miennes et je quittai Bernard en avril 1986.
Mon père décédera le 5 juin 1986.
Le divorce fut prononcé le 1er décembre 1986, jour de mon anniversaire.
Le 5 mars 1988, malgré les réticences de tous, sans exception et de ma mère en particulier, j'épousai Frédéric, l'homme que j'aimais...

***

BENJAMIN

Frédéric m'avait dit un jour, au début de notre relation, que son rêve était d'avoir 4 ou 5 enfants...
Je reçus cette phrase comme un coup de poignard en plein cœur. Je lui avouai que je ne pouvais pas avoir d'enfant et qu'après plusieurs traitements infructueux et de nombreux échecs éprouvants, j'avais été déclarée stérile.
Frédéric était d'un naturel très optimiste et si convaincant qu'il me persuada d'aller voir un spécialiste, la médecine ayant fait d'énormes progrès en matière de procréation. Il m'encouragea à ne pas baisser les bras car il était persuadé que la réussite serait au bout.
Grâce à son précieux soutien, je recommençai avec espoir et inquiétude, un « énième » traitement, tout en sachant pertinemment qu'il me serait pratiquement impossible d'avoir un enfant « naturellement ». J'étais amoureuse et si désireuse de réussir ce nouveau challenge, malgré mon âge et mon infécondité, que j'adhérais totalement à cette nouvelle expérience.
Le 14 février 1988, le jour de la Saint-Valentin, on m'implanta mon embryon. J'y croyais de toutes mes forces ; pour moi cette date ne pouvait qu'être prémonitoire et, le 20 octobre 1988, naquit notre fils à qui nous donnerons le prénom de mon père : Benjamin.

Benjamin fut le premier bébé fivete du Val-d'Oise, j'étais âgée de 41 ans.

Quelle importance peut avoir l'âge lorsque l'on aime et que l'on se sent aimé. Je n'ai jamais regretté les décisions que j'ai pu prendre tout au long de ma vie. J'ai toujours été quelqu'un d'optimiste, avec un caractère forgé à toute épreuve, et des épreuves, j'en ai eu ma part, comme tout un chacun sur cette terre. Un jour de juillet 1989,

Benjamin n'avait que quelques mois, Frédéric tomba malade. Peu à peu, il n'arrivait plus à écrire, ni à communiquer avec nous. Il avait de plus en plus de mal à parler, à se déplacer seul. Je me sentais désemparée car les médecins ne trouvaient pas le mal dont il souffrait.

Il fallut de nombreux examens et de multiples passages dans divers hôpitaux avant que les neurologues ne lui diagnostiquent une encéphalite aiguë.

Frédéric sombrait peu à peu et j'étais totalement impuissante. Au bout d'un mois, Frédéric ne parlait plus, ne marchait plus ; il ne reconnaissait plus ses proches, sa femme, son fils, ses parents...

Il resta hospitalisé six mois en soins intensifs après un coma inquiétant de plusieurs jours à l'hôpital de Poissy. Pour la première fois de ma vie, je me sentis complètement anéantie. Puis vinrent l'attente, insoutenable, la peur, les craintes, l'angoisse. Malgré les rapports alarmants des neurologues je décidai d'y croire encore une fois, de toutes mes forces, pour moi et pour notre fils, qui était encore si jeune. Mes meilleures amies, Florence, Roselyne, Marie-Claire, furent toujours présentes à mes côtés pour m'épauler et me réconforter dans ces moments si durs que je traversais. Le soutien permanent de ma mère et de mon frère, fut précieux pour moi et aussi celui des parents de Frédéric, complètement désemparés devant cette pathologie complexe dont leurs fils était atteint.

Malgré notre séparation, Bernard aussi a toujours été là pour moi chaque fois que j'ai eu besoin de lui. Il me conseilla de reprendre des cours de conduite car je n'avais plus conduit depuis une dizaine d'années. Me sachant en difficulté financière, il me fit ce cadeau.

Cette dure et triste période dura presque un an, puis lentement, Frédéric revint à la vie et ce fut alors comme une résurrection. J'avais prié, moi qui, comme mon père, n'accordait que peu d'importance à la religion, j'avais prié de tout mon cœur pour que mon mari s'en sorte, prié pour qu'il reste en vie et qu'il ne nous laisse pas seuls, Benjamin, et moi ; mes prières furent miraculeusement exaucées. C'est lorsque nous rencontrons des difficultés que notre foi est mise à l'épreuve, mais c'est également à ce moment-là qu'elle se renforce. Dans la tourmente, j'avais eu besoin de me rattacher à quelque chose et c'est bien dans la foi que je trouvai enfin la paix.

Frédéric mit deux ans à récupérer ses facultés. Il n'eut pas de grosses séquelles à la suite de cette terrible maladie, mais une peur constante et l'angoisse d'une récidive nous mineront encore longtemps. Dans les moments les plus durs je n'ai jamais perdu espoir même si, bien des fois, je me suis sentie emportée par une puissante lame de fond. J'ai réussi à remonter tant bien que mal à la surface malgré une profonde blessure qui ne pourra jamais se refermer complètement.

Ne croyez pas que je sois aigrie, au contraire car ces épreuves m'ont rendue plus forte encore.

Je n'ai pas toujours fait ce que j'aurai voulu, la vie en a décidé autrement, mais je n'ai jamais été malheureuse au point de tout laisser aller à la dérive.

J'ai aussi vécu des moments joyeux, comme mon élection de « Miss Bagnères-de-Luchon », où je me trouvais en tant que curiste, élection qui me valut une avalanche de cadeaux et de belles photos à la une du journal régional.

Des moments merveilleux, comme mon mariage avec Frédéric au « Manoir de Villarceaux ».

Des moments magiques, comme la naissance de notre fils Benjamin.

Des moments uniques, comme notre confirmation de mariage à « Las Vegas », avec, comme témoins, Benjamin et sa petite amie.

Tous ces instants de pur bonheur resteront gravés à jamais dans ma mémoire...

***

SOUVENIRS

A Manises, après le décès de mon grand-père, la maison et le hangar ont été rasés et, à la place, un petit immeuble a été construit. Celle de tante Elvira et d'oncle Manuel, décédés tous les deux, est maintenant occupée par une de ses filles, la tradition est perpétuée.

Anna n'est plus de ce monde, tout comme son cousin Luis Mariano, mais leur maison est toujours là. Le lavoir est devenu un lieu de curiosité pour les touristes ; à présent tout le monde possède une machine à laver. Vous ne verrez plus les chaises ni les rocking-chairs dehors, les voitures ont envahi les rues. Vous n'entendrez plus le dernier tramway appeler les retardataires, les cars les ont remplacés et ne cherchez plus les troglodytes, l'urbanisation a eu raison d'eux.

L'ancien café de mon oncle est encore là, et il s'appelle toujours « Cafeteria Ciudad ». L'entrepôt a été transformé en marché couvert mais il a gardé son nom : « Los Filtros ».

Quant à Don Pablo, il y a longtemps qu'il a quitté ce monde !

En revanche le point culminant du village, celui où mes amies et moi allions prendre le frais à la tombée de la nuit, en regardant discrètement les garçons, a été aménagé en jardin public. Sur une imposante terrasse, les villageois s'y retrouvent le soir, en famille, entre les haies de bougainvilliers multicolores caressées par une douce brise, pour discuter et regarder la plaine valencienne au loin.

Ce lieu a supplanté « el paseo ».

Bien sûr, le village est toujours là, avec autant de soleil, beaucoup moins de fabriques et de fours, moins de fumée, mais toujours autant de poussière. Le ciel est plus pur, mais, à l'horizon, les champs d'oliviers et grenadiers sont aujourd'hui à l'abandon et recouverts par endroit d'une garrigue envahissante. Les gitans et leurs roulottes sont partis ; ils sont probablement morts ou sédentarisés et leurs parcelles de terrain sont à vendre.

Vous n'entendrez plus résonner au loin les sabots des chevaux et celui des roues des charrettes. Les rires si communicatifs des ouvrières derrière les murs des ateliers sont plus rares.

Beaucoup de choses ont changé au village, mais si un jour l'occasion se présente à vous, si vous allez en Espagne et si vous passez par Valencia, poussez votre escapade jusqu'à Manises.

Promenez-vous de préférence le soir, à l'heure où la terre exhale ses senteurs. Montez jusqu'à mon jardin ; venez y admirer le coucher du soleil s'éteindre au loin en un orange profond. Respirez et laissez-vous imprégner des arômes de ma terre puis fermez les yeux, afin de mieux écouter le silence. Alors peut-être, comme moi, à cet instant précis, ressentirez-vous un frisson d'émotion…

Malgré les belles vacances que j'ai pu passer ailleurs, ces pays plus merveilleux les uns que les autres découverts par la suite, je garde curieusement, toujours au fond de moi, une affection toute particulière pour mon village et les souvenirs de vacances de mon enfance. Un souvenir, certes enjolivé par ma mémoire, mais qu'importe, il sera à jamais rangé au chapitre des moments heureux, et insouciants de ma vie.

***

LE RETOUR

Bien longtemps après la mort de Franco et se sachant atteint d'un cancer, mon père exprima le souhait de retourner en Espagne. Il semblait si heureux à l'idée de se retrouver là-bas, parmi les siens. Cela faisait tellement longtemps qu'il attendait ce moment !

Une fois sur place, c'est avec une certaine appréhension qu'il voulut revenir sur les lieux qu'il avait fréquentés autrefois, revoir les personnes qu'il avait connues, mais sa déception fut énorme. Parti depuis trop longtemps, mon père ne reconnaissait plus rien et la plupart de ses anciens amis étaient décédés. Je le revois encore, l'air hagard, essayant de retrouver un indice qui lui aurait rappelé son passé. Ces lieux et paysages, encore si présents dans son imaginaire, étaient méconnaissables ; mon père semblait désorienté et malheureux. Il resta au village quelques jours, puis mes parents repartirent à Paris.

Jusqu'à son décès, en 1986, il ne souhaita plus jamais retourner en Espagne.

A présent, Vincent, mon frère, est devenu photographe dans le milieu de la mode et passe son temps à voyager.

Bernard, mon ex-mari, coule une retraite bien méritée en espérant revenir un jour dans ses Pyrénées natales.

Mes parents ne sont plus de ce monde mais je pense très souvent à eux. J'ai souhaité leur rendre hommage à travers ce récit car je regrette de ne pas leur avoir dit, de leur vivant, combien je les aimais et combien ils avaient été importants pour moi, tout au long de ma vie.

«Merci maman pour ta gentillesse et ta joie de vivre si communicative, ton empathie envers les gens dans le besoin, ta naïveté parfois, ta tolérance envers tout un chacun, ta bonté et ta générosité sans faille. Merci pour cette complicité qui nous unissait toi et moi et ton allégresse qui me manque tant aujourd'hui.»

«Quant à toi papa, toutes ces corrections que tu m'as infligées, ces corrections qui étaient censées me faire plier, contrairement au résultat attendu, toute cette violence aura fait naître en moi une rébellion permanente envers tout ce qui m'entoure et un rejet de toute forme d'autoritarisme. Je me souviens particulièrement de la fois où tu m'avais surprise à embrasser, sur la joue, un copain en pleine rue. Une fois à la maison j'ai reçu une correction mémorable. Maman est intervenue, une fois de plus, en pleurant parce que tu m'avais ouvert la lèvre en me giflant et, comme si ce n'était pas suffisant, tu m'avais projetée sur la fenêtre, en cassant par la même occasion deux carreaux. Maman, en voyant mon visage ensanglanté, t'avais menacé de repartir en Espagne avec mon frère et-moi si tu recommençais.

Papa, je n'avais que 13 ans !

Ces corrections m'ont transformée en ce que je suis aujourd'hui, une personne toujours insatisfaite de son travail, peu sûre d'elle et incapable de faire confiance à qui que ce soit. Mais les enfants ont tendance à pardonner à leurs parents, la preuve, mon fils porte ton prénom...»

Je reste malgré tout admirative du courage dont ils ont dû faire preuve pour quitter leur pays et tous leurs souvenirs, du jour au lendemain ; de ce courage qu'ils ont montré en abandonnant tout sans se retourner, fuir vers l'inconnu et se reconstruire ailleurs, en repartant à zéro ; oublier ce qu'ils avaient été et devenir quelqu'un d'autre pour pouvoir continuer à vivre. Aller de l'avant, en essayant de ne pas regretter. Penser à l'avenir incertain en occultant le passé pour ne pas avoir à en souffrir. Je les admire aussi pour avoir affronté, avec dignité, les problèmes auxquels ils ont été confrontés tout au long de leur vie : la xénophobie, les humiliations et une certaine forme d'exploitation. Certes, ils n'étaient pas les seuls, mais tout de même !

Pour moi la vie aura été bien plus facile que la leur, ni pire ni meilleure qu'une autre, la mienne, avec ses joies, et ses peines ; une vie à la fois simple mais passionnante et riche en émotions.

La vie d'une fille d'immigrés, la vie d'une femme ordinaire...

A ce jour, Frédéric et moi sommes toujours ensemble et cela fait 32 ans que nous sommes mariés.

Benjamin a 32 ans et il est papa d'une petite Luna âgée de 5 ans.

La vie continue...

Ma mère m'appelait Carmen.
Mon père m'appelait Marie-Carmen.
Ma famille en Espagne m'appelle Carmencin.
Mon prénom est Maria Del Carmen, mais en France on m'a toujours appelée Maria.

FIN